BASTEI
LÜBBE

Aus der Taschenbuch-Reihe FANTASY sind nachstehende Romane erhältlich. Fragen Sie im Buch- oder Zeitschriftenhandel nach diesen Titeln:

20 017 Philipp José Farmer
Die Krone von Opar
20 018 Piers Anthony
Der Sturz der Titanen
20 019 Poul Anderson
Dreiherz
20 020 Stuart Gordon
Gesang der Mutanten
20 021 Gene Wolfe
Der Teufel hinter den Wäldern
20 022 Stuart Gordon
Traum der Mutanten
20 023 Karl E. Wagner
Der Blutstein
20 024 Piers Anthony
Hassans Reise
20 025 Phillip José Farmer
Flucht nach Opar
20 026 Karl Edward Wagner
Die Rache der Verfluchten
20 027 Alexei und Cory Panshin
Erdmagie
20 028 Eric van Lustbader
Krieger der Abendsonne
20 029 Eric van Lustbader
Der dunkle Weg
20 030 Eric van Lustbader
Dai-San
20 031 Richard Kirk
Raven, die Schwertmeisterin
20 032 Robert Holdstock
Odins Wolf
20 033 Randall Garrett
Komplott der Zauberer
20 034 Richard Kirk
Raven und der Hexenmeister
20 035 Larry Niven
Wenn der Zauber vergeht
20 036 Richard Kirk
Raven und der Eisgott
20 037 Eva Eppers
Wanderer unter dunklen Himmeln
20 038 Richard Kirk
Raven und der Schattenlord
20 039 Robert Holdstock
Die Jägerinnen von Connacht
20 040 Richard Kirk
Raven – Göttin des Todes
20 041 Randall Garrett
Mord und Magie
20 042 Poul Anderson
Ein Mittsommernachts-Sturm
20 043 Michael Moorcock
Die ewige Schlacht
20 044 Michael Moorcock
Der Phönix im Obsidian
20 045 Tanith Lee
Sabella oder: Der letzte Vampir
20 046 Brian Stableford
Der blinde Wurm
20 047 M. John Harrison
Die Pastell-Stadt
20 048 Roger Zelazny
Wechselbalg
20 049 Robert Asprin
Drachenfutter
20 050 Tanith Lee
Das Lied des Exorzisten

Poul Anderson
Mildred D. Broxon

Die Schlange von Scattery

Fantasy-Roman

BASTEI
LÜBBE

BASTEI-LÜBBE-TASCHENBUCH
Science Fiction Fantasy
Band 20 051

Deutsche Lizenzausgabe 1983
Bastei-Verlag Gustav H. Lübbe GmbH & Co., Bergisch Gladbach
Originaltitel: THE DEMON OF SCATTERY
Ins Deutsche übertragen von: Brigitte Borngässer
Titelillustration: Michael Whelan
Umschlaggestaltung: Quadro-Grafik, Bensberg
Druck und Verarbeitung: Elsnerdruck GmbH, Berlin
Printed in Western Germany
ISBN 3-404-20051-9

Der Preis dieses Bandes versteht sich einschließlich der gesetzlichen Mehrwertsteuer.

Für
Karen und Bill

Vor langer Zeit im Krieg zwischen Elfen und Trollen geschah es, daß Skaflok England verließ, um von den Sidhe Beistand zu erbitten. Er war ein Sterblicher, den die Elfen aufgezogen hatten; bei sich trug er die Hälften des Schwertes Tyrfing. Neu zusammengeschmiedet, verbürgte die Waffe seinen Leuten den Sieg. Diese befanden sich in arger Not. Aber kein Schmied konnte das Schwert zusammenfügen außer Bolverk, dem blinden Riesen im fernen Jotunheim.

In Irland fand Skaflok Unterstützung durch Mananaan Mac Lir, und zusammen setzten sie Segel, um sich auf die lange Reise zu begeben. War ihr Schiff auch klein, so wurden Rumpf und Takelage doch von der Kraft Mananaans vorwärts getrieben, der vor der Ankunft des Weißen Christus eine Gottheit gewesen war und im Bereich der tiefen Gewässer noch immer eine Macht darstellte, mit der man rechnen mußte. Am Bugspriet tanzte ein geschnitztes Bildnis von Fand, seiner Gemahlin.

Weiter nach Norden fuhren die beiden, als sich je ein von Menschen gebautes Schiff gewagt hatte, ohne Land zu sehen. Düsternis brütete über der See, erhellt von ewiger Morgenröte. Eisberge trieben vorbei wie wandernde Gebirge, und eine große Kälte entstrahlte ihnen. Unsichtbare Wesen glitten in der

Finsternis unheimlich an der Bordwand entlang. Und immer wieder mußte Mananaan all seine Kräfte aufbieten, um Wind und Wellen zu bezwingen.

Doch auch auf der kältesten Überfahrt kommt die Stunde, wo die Seeleute sich zusammensetzen, um ihr Garn zu spinnen. Für kurze Zeit vergessen sie dann vielleicht ihre Einsamkeit . . .

Mananaan, der es sich auf einer Bank bequem gemacht hatte, betrachtete Skaflok, welcher das Ruder führte. Groß war Mananaan und schön anzusehen, mit klaren Zügen, grüngoldenen Locken und Augen von der veränderlichen Tönung des Ozeans.

Sein grüner Umhang, sein weißes Gewand und seine goldenen Armspangen stellten die einzigen freundlichen Farben im Gesichtskreis dar. Er zupfte versonnen auf seiner Harfe, während er langsam und leise zu sprechen anhub:

»Mein Freund, deine Fahrt führt dich vielleicht weiter, als du ahnst. Du steuerst deinem Schicksal entgegen, und wie das aussieht, kann ich dir nicht sagen. In dir fließt das Blut der Fremden, und was dir aufgebürdet wurde, sind nicht die Schrecknisse, die meinem Volk vertraut sind. Die Welt und das Zwischenreich wandeln sich heute schnell, und ich glaube, daß wir Fabelwesen von einem unabwendbaren Verhängnis bedroht sind.

Trotzdem vermögen wir aus dem, was geschehen ist, einige Lehren für die Gegenwart und vielleicht sogar die Zukunft zu ziehen. Ich denke da an eine Geschichte, die sich vor nahezu hundert Jahren in Irland zugetragen hat. Männer deines Blutes waren beteiligt, und am Ende spielte sogar ich eine Rolle darin. Die Bedeutung jener Vorfälle entzieht sich allerdings meinem Verständnis. Und ich frage mich, ob überhaupt einer der Götter wirklich genau weiß, was damals geschah, außer den Mächtigen, mit denen zu sprechen mir verwehrt ist.

»Aber die menschliche Seite der Geschichte ist leicht verständlich. Vielleicht vermag sie dich sogar in der einen oder anderen Weise zu belehren. Auf jeden Fall wird sie dir für ein paar Stunden unserer Reise die Zeit vertreiben.«

I

Die Wikinger erreichten Scattery Island am 1. April. An jenem Tag brausten kalte Winde landeinwärts, die Luft war von dem Tosen der Brandung erfüllt, und die Sonne warf ihre Strahlen speergleich durch die Wolken, die schnell über den Himmel jagten und als graue Schatten über das Land wanderten. Wellen schäumten gegen die Mündung des Shannon, der düster ins Meer strömte. Der Wind schüttelte die jungen Blätter in den Wäldern, die die Ufer säumten, und frisches Grün kräuselte sich über dem Ackerland. Rauchfetzen trieben von den Bauernhöfen herüber, aber Halldor konnte keine Menschen erkennen, nur einige Kühe, die in der Ferne weideten. Es schien fast so, als sei die gesamte Bevölkerung beim Anblick der Schiffe geflohen.

Doch nein. Dort auf der nahen Hallig eilten die Mönche aus ihrer Kapelle, wimmelten durcheinander wie Ameisen, deren Bau eingetreten worden war, und rannten zum Turm. Sie besaßen nur ein oder zwei kleine Nachen, die nicht ausreichten, um sie alle rechtzeitig aufs Festland in Sicherheit zu bringen. Obendrein hatte Halldor sie beim Gottesdienst überrascht. Wikingerdrachen segeln schnell. Im übrigen mußten die Mönche ja ihre Kirchenschätze hüten, und sie verfügten zu diesem Zwecke über einen festen Platz, der einer Belagerung wohl widerstehen konnte.

Von der Ruderpinne seines Fahrzeugs starrte Halldor über die bemannten Bänke hinweg auf sein Ziel. Er hatte das Segel streichen und die Ruder besetzen lassen. Vierzig Männer, zwei an jedem Ruder, pullten mit aller Kraft, und der *Seebär* schoß mit zitterndem Bug vorwärts. Einige stimmten einen Gesang an, um den Takt besser zu halten. »Thor, hilf uns, o Thor, o

Odin«, erschollen ihre rauhen Stimmen inmitten des Knarrens der Dollen, des Rauschens der Wellen und des Knatterns des Segels, das noch nicht am Mast festgemacht worden war. Auf ihren Köpfen glänzten Helme, und Rüstungen umspannten die Schultern derjenigen, die es sich leisten konnten. Stolz stand auf dem Vordeck als Ausguck in schimmerndem Eisen Halldors Sohn Ranulf, und seine Rechte lag auf dem zähnefletschenden Tierkopf, der am Bugspriet emporragte.

Der Blick seines Vaters senkte sich, und seine Brauen zogen sich finster zusammen. Eine Frau kniete in der Nische zu Ranulfs Füßen. Eine Kapuze und ein flatternder Umhang verbargen das meiste von ihr, doch Halldor sah, daß sie die Hände gefaltet hatte, und er wußte, daß sie wieder ihren Weißen Christus anrief – in einem Flüsterton zwar nur, was jedoch weitreichende Folgen haben konnte. Er berührte den kleinen Silberhammer an seiner Kehle und schlug das Zeichen Thors.

Das Steuerruder schlug aus, und Halldor packte es fest mit beiden Fäusten. Er wischte seine unklaren Befürchtungen fort. Ihre Heiligen und Engel hatten ihr nichts genutzt, als die Nordmänner einige Tage zuvor ihr Kloster geplündert und Ranulf sie quer über ein Feld gejagt und eingefangen hatte. Sie war als einzige mitgenommen worden, denn er und einige seiner Freunde hatten sie für ansehnlich genug befunden, um es wert zu sein, einen Anteil der Essens- und Trinkrationen zu erhalten . . . eine Zeitlang wenigstens.

Halldor richtete sein Augenmerk auf die beiden anderen Schiffe, Pfeil-Egils prunkvolle *Reginleif* und Sigurd Tryggvasons *Hai*. Gut, sie lagen immer noch da, wo er sie haben wollte, achteraus von seinem eigenen Boot in Steuerbord und Backbord. Er hatte dessen keineswegs sicher sein können, denn obwohl ihre Kapitäne ihm Brüderschaft geschworen hatten, hatten sie ihm unmißverständlich klargemacht, daß sie seinen Anweisungen nur so lange Folge zu leisten gedachten, wie sie diese für gut befänden.

So mancher andere hatte ihn übervorsichtig genannt. Er sei ein ausgezeichneter Seemann, das gaben sie zu, aber kein Wikinger. Er hatte seinen Ärger hinuntergeschluckt, denn es stimmte ja, er war ein Kaufmann, und er raubte nicht aus

©AUSTIN-1979

Vergnügen sondern aus Notwendigkeit. Er hatte milde geantwortet, daß er nicht fünfundvierzig Winter am Leben geblieben wäre, wenn er seinen Kopf zu nichts anderem benutzt hätte, als einen Hut daraufzusetzen.

Das war in Armagh gewesen, im Norden Irlands, wo mehrere Mannschaften zwischen Herbst und Frühling vor Anker gelegen hatten, anstatt nach Norwegen zurückzusegeln . . .

Halldor hatte jedermann über die Westküste ausgefragt; Irisch hatte er bereits vor ein paar Jahren gelernt. Schließlich war er mit einigen zuverlässigen Kameraden zu Pferd dorthin aufgebrochen. Denen gegenüber, die er unterwegs traf, gab er sich als Bote aus; aber er hielt die Augen offen und erkannte den Wohlstand des Landes, das er durchquerte. Bei seiner Rückkehr waren Egil und Sigurd bereit gewesen, ihm zuzuhören. Auch sie stammten aus Thrandheim und kannten ihn bereits von Jugend auf.

Die drei saßen in einer Hütte aus Flechtwerk, das mit Lehm beworfen war. Beizender Rauch lagerte in dichten Schwaden unter dem Strohdach. Von den Sparren hingen Fleischstücke herab, die die Bäuerin zum Räuchern aufgehängt hatte, bevor sie mit ihrer Familie geflohen war. Regen trommelte auf das Dach und sammelte sich in Lachen vor der geflochtenen Tür.

»Am Unterlauf des Shannon sollte gute Beute zu machen sein«, sprach Halldor. »Dort waren unsere Leute schon lange nicht mehr. Gehöfte, Klöster, Kirchen mit ihrem goldenen Zierat – all das wartet nur auf uns. Wir sind natürlich nicht die einzigen, die das wissen. Wir sollten uns also beeilen, um als erste anzukommen. Nach dem bisherigen Verlauf der Jahreszeit zu urteilen, können wir uns wohl kurz vor der Tagundnachtgleiche ohne Gefahr einschiffen.«

Sie waren etwas überrascht, nahmen ihn aber beim Wort. Nicht umsonst nannte man ihn Halldor, den Wetterkundigen; er hatte sein Leben mit ständiger Beobachtung des Himmels und der See verbracht und viel über das, was er sah, nachgedacht.

Sigurd runzelte die Stirn: »Hmmm, wir werden gerade drei Schiffe haben. Die Iren kämpfen Mann gegen Mann genausogut wie unsere Leute. Wenn es einem der dortigen Stammesführer gelingen sollte, in kurzer Zeit ein großes Heer aufzustellen, könnten wir eine böse Überraschung erleben.«

»Wenn irgend jemand Rat dagegen weiß, dann Halldor«, meinte Egil.

Wie gut seine Worte auch gemeint waren, sie hinterließen einen schmerzenden Stachel in Halldors Brust. Im vergangenen Sommer, dem zweiten, den er zusammen mit den Wikingern verbracht hatte, war Halldor an Land aus dem Hinterhalt überfallen worden und hatte Ivar, den ältesten seiner Söhne, verloren. Kurz darauf war Ranulf von zu Hause im Kauffahrtsschiff seines Vaters eingetroffen, brennend vor Begierde, die sechzehn Jahre seiner Kindheit hinter sich zu lassen.

»In der Tat«, sagte Halldor so fest er konnte. »Wir benötigen ein Lager, das wir gegen Angriffe verteidigen können. Ich rechne nicht wirklich damit, daß wir auf ernsthaften Widerstand stoßen werden. Es ist jedoch gut, für alle Fälle gerüstet zu sein. Außerdem ist es immer von Vorteil, einen festen Platz zu besitzen, wo wir in völliger Sicherheit rasten, uns um Schiffe und Ausrüstung kümmern und in Ruhe die Beute verteilen können, wenn sie reichlich ist – ihr wißt ja, daß ich diese Fahrt beenden möchte, sobald ich so viele Reichtümer angesammelt habe, wie ich benötige.« Er leerte sein Methorn und bedeutete einem im Halbdunkel der Hütte kauernden Sklaven, ihm nachzuschenken.

»Auf meiner Erkundungsfahrt«, fuhr er fort, »habe ich auch schon den richtigen Ort gefunden: es ist ein Eiland, das nur von Mönchen besiedelt wird.«

»Christliche Kirchenleute? Gut!« Es lag mehr als Gier in Egils rauher Stimme. Wie alle Nordmänner fürchtete er, daß Hexerei und Unglück von einem Glauben, der alle alten Götter verachtete, über sie gebracht würden.

Und so waren sie, als die letzten Winterstürme heulten – weniger heftig als gewöhnlich, wie es Halldor vorhergesagt hatte – nach Westen gefahren, dann südwärts an der irischen Küste entlang, wobei sie plünderten, was sie vorfanden. Das war zunächst nicht sehr viel. Sie hatten ein Kloster gestürmt und verwüstet, das bisher noch nie überfallen worden war, aber die Beute war spärlich gewesen. Nun, kurz darauf, schwammen sie bereits im Mündungslauf des großen Flusses und näherten sich Scattery Island.

Der Klang einer Glocke, der vom Wind über das Wasser getragen wurde, riß Halldor aus seinen Erinnerungen. So nahe waren sie bereits gekommen! Sein Schiff umrundete gerade eine Landzunge im Norden und hielt auf die geschützte Ostseite der Insel zu, um dort in eine kleine Bucht einzulaufen. Eine halbe Meile nach Backbord lag das kleinere Hog Island, und noch einmal so weit entfernt begann das Festland. Mit jedem Ruderschlag dröhnte die Glocke lauter: Sie mußte sehr groß sein, und Halldor würde für ihre Bronze in Norwegen sicher einen guten Preis erzielen. Das Läuten drang aus dem Turm, der drohend über Scattery Island aufragte. Der Sturm jagte tieftreibende Wolken über ihn hinweg.

Bei der Einfahrt in die Bucht hielt Halldor Ausschau nach einem geeigneten Ankerplatz, denn Hafenanlagen gab es keine. Krähenfüße bildeten Fältchen um seine hellblauen Augen, die in einem breiten Gesicht mit hochstehenden Backenknochen und einer gebrochenen Nase saßen. Sein blondes, bereits mit grauen Strähnen durchsetztes Haar und der dichte Bart glitzerten von der Gischt. Der Kettenpanzer, der seine mächtige Gestalt umspannte, dröhnte metallisch, als er sich nun hart gegen die Ruderpinne lehnte.

Scattery war nicht groß, von Norden nach Süden maß es vielleicht eine Meile, eine halbe von Ost nach West, und es lag flach hingeduckt im Wasser. Am westlichen Ufer bildeten Bäume einen natürlichen Schutz gegen die Stürme; hinter ihnen schmiegten sich Lehmhütten und eine winzige steinerne Kirche an den Boden. Weiter waren Gärten, kleine Äcker, blumenbewachsene Wiesen zu erkennen – und, nahe bei der Kirche, der Rundturm. Aus grauem Stein geschickt aufgeschichtet, erhob er sich wohl an die dreißig Meter bis zu seinem konischen Schieferdach. Die hölzerne Eingangstür befand sich in einer Höhe von drei Metern und war nur durch eine Leiter zu erreichen, welche die Mönche jetzt hinter sich eingezogen hatten.

Die Wikinger ruderten langsam näher, bis unter dem Kiel des *Seebären* Kies knirschte. Ranulf sprang als erster an Land. »*Juch*

– *hei – sa – sa*!« stieß er den alten Schlachtruf der Nordmänner aus. Keiner der gewappneten Krieger, die gefolgt waren, stimmte ein, denn es war niemand zu sehen, mit dem sie hätten kämpfen können. Die Ruderer zogen die Riemen ein und ließen sie klappernd zwischen die Bänke fallen, bewaffneten sich und gingen ebenfalls ans Ufer.

Wären Feinde in Sicht gewesen, so hätte sich Halldor an die Spitze seiner Männer gestellt. So aber machte er zunächst das Ruder fest, um unliebsamen Überraschungen vorzubeugen, dann ergriff auch er seinen Bogen und wollte sich eben über die Bordwand schwingen, als er einen Blick zurückwarf.

Die Irin, Birgit hieß sie, kauerte immer noch auf dem Achterdeck. Über ihr hing ein echter, Thor geweihter Hammer in seinem Futteral. Ein Grauen, zu groß, um in Tränen Erleichterung zu finden, schien das Mädchen ergriffen zu haben. Halldor vernahm Worte, die es in seiner Muttersprache stammelte. »– Ostersonntag, und die Heiden kommen zu der heiligen Insel – Ostern – *Eli, Eli, lamach sabachthani*?« Dies letzte verstand er nicht.

Egal. Er sprang. Das eisige Wasser reichte ihm bis zu den Hüften. Kein Schild behinderte ihn, denn er schwang nur eine Streitaxt, als er ans Ufer watete. Während er mithalf, das Schiff fest zu vertäuen, sah er plötzlich, wie sich die Irin erhob. Ihr Rücken straffte sich, und sie winkte zum Turm hinüber. Das gefiel ihm.

Der *Hai* und die *Reginleif* näherten sich. Halldor gab ihnen Zeichen, hereinzukommen, da sich der Grund auch für größere Schiffe als sicher erwiesen hatte. »Los, los! Voran!« schrie Ranulf erregt.

»Du wartest«, sagte sein Vater. »Die da drüben laufen nicht weg.« Der junge Bursche zappelte förmlich vor Ungeduld, während die restlichen Nordmänner an Land kamen, ihre Schiffe festmachten, Wachen aufstellten und eine Schlachtreihe bildeten, um gegen den Turm vorzurücken.

Auf einen Ruf Halldors hin verhielten sie eben außer Bogenschußweite. Trotzdem schwirrten ein paar Pfeile aus den Fenstern der Festung. Diese unsinnige Verschwendung wertvollen Kampfmaterials sowie die kurze Strecke, die sie nur flogen, sagten Halldor, daß sich unter den Verteidigern niemand befinden konnte, der im Kriegshandwerk geschult war.

Da ihm solche Bogenschützen wenig Angst einzujagen vermochten, trat Halldor alleine vor und näherte sich dem Turm, bis er beinahe an der Mauer stand. Als er an ihr hoch auf die geschwind vorbeiziehenden Wolken blickte, hatte er für einen Moment den Eindruck, das Bauwerk stürze auf ihn ein. Unwillkürlich spannte er seine Füße an, die kalt und feucht in den Stiefeln staken, und krümmte seine Zehen, als ob er sie in das feste Erdreich krallen könnte. Möwen kreisten am Himmel, segelten schwerelos im Wind.

Er blähte seine Lungen und rief auf irisch: »Hallo da oben! Seid ihr bereit zu verhandeln?«

Nach einer Weile lehnte sich ein Mann aus einer der unteren Öffnungen. Obwohl das Haar rund um seine Tonsur schon weiß war und in seinem Mund viele Zähne fehlten, klang seine Stimme laut und kräftig: »Ich bin Michael, Abt des Klosters von St. Senan. Bist du ein Christ?«

»Nein, aber ich bin vorgetauft.« Vor Jahren hatte sich Halldor diesem Ritus unterzogen. So verriet er zwar seinen Freund Thor nicht, erhielt aber einen Status, der es den Getauften erlaubte, mit ihm Handel zu treiben. »Ich habe in England und Frankreich genauso Geschäfte getrieben wie in Schottland und Irland. Keiner hat jemals schlecht gedacht von Halldor Ketilsson.«

»Das sind keine Handelsschiffe, auf denen ihr gekommen seid, diese schlanken Segler mit den geschnitzten Götzenköpfen.«

»Oh, wir Kaufleute sind diesmal auf Wikingerfahrt. Aber wir sind nicht auf sinnloses Gemetzel aus. Ergebt euch, und ich garantiere euch freien Abzug. Das gilt auch für die kräftigen Männer unter euch, die wir leicht verkaufen könnten. Ich bin bereit, dies bei jedem Eid zu beschwören, den ihr von mir verlangt, und auch bei meiner Ehre im Angesicht der Schiffskameraden.«

Aber das hagere Antlitz des Abtes verhärtete sich. »Glaubt ihr etwa in eurem Wahn, wir ließen zu, daß ihr das Haus Gottes entweiht, die geheiligten Gefäße und Reliquien verstreut und aus diesem Heiligtum eine Räuberhöhle macht, nur um unser armseliges Leben zu retten?« Er spie vor dem Wikinger aus. Wäre der Wind weniger stark gewesen, hätte er sein Ziel vielleicht getroffen. »Und das am Tage von Christi Auferstehung? Wir verfügen über große Fleisch- und Wasservorräte, und wir sind das Fasten gewohnt. Gott wird uns Hilfe schicken.«

»Wenn ihr kämpfen wollt, kann ich für nichts garantieren«, warnte Halldor.

»Was kann man schon auf das Wort eines Heiden geben! Greift nur an! Schlachtet uns ab, und wir werden als Märtyrer sterben und dereinst vom Himmel aus zuschauen, wie ihr euch im Höllenfeuer krümmt.« Michael hielt ein, bezähmte seine Wut und mäßigte seine Stimme. »Hüte dich, Lochlannach! Du stehst auf geweihtem Boden. Vor langer Zeit vertrieb St. Senan ein Ungeheuer von hier, das weitaus schrecklicher war als eure kleinen Drachenschiffe. Wir befolgen sein heiliges Gesetz. Hüte dich, Lochlannach!«

Halldor hatte bereits von dieser Legende gehört, als er die Gegend ausspionierte. Er hielt nicht viel davon, zu oft schon waren ihm solche Geschichten erzählt worden. Der Abt versuchte seiner Meinung nach nur verzweifelt, ihn einzuschüchtern. »Nun gut, ihr könnt euch jedenfalls immer noch ergeben, bis wir angreifen«, sagte der Nordmann und wendete sich ab. Trotz der schlechten Zielgenauigkeit der Gegner und der eisernen Brünne, die ihre schwachen Pfeile abwehren würde, hatte er ein seltsames Gefühl zwischen den Schulterblättern, bis er wieder bei den Seinen angelangt war.

Er war keineswegs begierig zu sterben. Was auch immer im Jenseits auf ihn warten mochte – in Norwegen erzählte man sich von festlichen Gelagen in den Hallen der Asen, vom trüben Zwielicht in den Niederungen der Unterwelt, von einem Halbleben im Grab, von Wiedergeburt und vielem mehr –, nur die diesseitige Welt gehörte ihm mit Sicherheit, die Freunde und Verwandten, das Haus und die Besitztümer, Unn, seine Gemahlin, und die Töchter, die sich vor kurzem verheiratet hatten und ihnen Enkelkinder gebaren, die Hoffnungen der Familie, die auf Ranulf ruhten, das Wachstum eines Kornfelds oder einer Holzschnitzerei unter seinen Händen, Vergnügungen, weite Reisen, das endlose Spiel der Wolken, des Wassers, des Wetters . . .

»Räuchern wir sie aus«, meinte Egil. »Wir schlagen Holz von den Bäumen und den Schuppen dort drüben, verteilen es ringsherum und zünden es an.«

»Die werden schön schreien, wenn sie braten«, kicherte Ranulf.

Halldor blickte unwillig auf seinen Sohn und sagte zu ihm:

»Schweigsamkeit ziemt dem Jugendlichen.
Sprich nicht, wenn du nichts zu sagen hast.
Der Wolf, der behutsam auf Jagd geht,
Wird die größte Beute machen.«

Er war auch ein Skalde und dachte, ein Vers sei der mildeste Weg, den Jungen zurechtzuweisen. Dieser errötete und zog sich kleinlaut zurück.

Zu Egil, Sigurd und den anderen, die in Hörweite standen, sagte Halldor: »Habt ihr denn ganz vergessen, daß wir diesen Turm für uns selbst als Stützpunkt brauchen? Das Feuer würde ihn zerstören und wertlos für uns machen. Ist euch außerdem während unserer Einfahrt entgangen, daß die Mönche ihre gesamten Reichtümer dorthin geschafft haben?«

»Um so besser, wenn ihre Bücher verbrennen«, bemerkte Egil grimmig.

»Ich habe mich mit Büchern beschäftigt, und nicht zu meinem Nachteil«, erwiderte Halldor. »Im Gegenteil, ich konnte viele Sachen daraus lernen. Es ist eine Schande, daß so viele von uns glauben, sie enthielten nur verderbliche Zauberei. Aber sei dem wie ihm sei. Nur, was geschieht wohl mit den bestickten, mit Gold und Perlen besetzten Gewändern oder mit den silbernen Gefäßen und den kristallenen Kelchen?«

»Was schlägst du also vor?« fragte ihn Sigurd.

»Was ich von Anfang an geplant hatte. Wir zimmern ein Gerüst, auf dem wir stehen können, bringen es zum Turm und rammen das Tor ein. Diese Choralsänger können in einem Handgemenge nichts gegen uns ausrichten.«

Ein klein wenig dauerten ihn die Mönche. Immerhin, sie hatten sich wie Männer verhalten.

Der Nachmittag war schon weit vorgerückt, als sie ihre Vorbereitungen abgeschlossen hatten. Halldor half mit, das Gerüst an seinen Platz zu ziehen – der Stamm einer jungen Eberesche und der Schaft eines überzähligen Ruders fühlten sich in seiner Handfläche glatt und kühl an –, und schwang sich als erster hinauf. Das ganze Unternehmen hatte die Wikinger bisher nur ein paar leichte Fleischwunden durch Steine und Pfeile gekostet, welche sie mit höhnischem Gelächter quittierten.

Als er die Oberfläche der Plattform prüfte, erwiesen sich die Bohlen unter seinen Füßen als stabil. Der Aufbau wurde hauptsächlich von Seilen zusammengehalten, aber Halldor hatte höchstpersönlich an einigen wichtigen Stellen Nägel eingeschlagen. Das Werkzeug, das er dazu benutzt hatte, war Thors Hammer, und die Nägel führte er für Reparaturen auf dem *Seebär* mit.

Jetzt aber schwang er seine Axt gegen das Tor. Die Männer, die neben ihn auf die Plattform geklettert waren, taten es ihm nach. Die Schläge donnerten, das Holz splitterte, breite Risse öffneten sich klaffend, schließlich gab das Tor nach. Dahinter lag ein leerer, dämmriger Raum, in dessen Decke eine Öffnung eingeschnitten war, durch die man den Aufstieg fortsetzen konnte. Wie es schien, hatten sich die Mönche ganz oben, direkt unter dem Dach, versammelt. Der Raum um Halldor füllte sich mit Kriegern. Man brachte eine Leiter. Er begann emporzuklettern. Die Wände hallten von den aufgeregten Lauten der Männer wider. Er hörte seine Leute draußen am Fuß des Gebäudes schreien und wie eine Hundemeute hecheln, die ein Eichhörnchen auf einem Baum gestellt hat.

Der Lärm schwoll zu einem Geheul an. Jemand brüllte: »*Sie werfen Felsblöcke . . .!*« Ohnmächtiger Zorn kochte in Halldor.

»Ich habe euch doch gesagt, daß ihr von den Fenstern fernbleiben sollt!« schrie er warnend. Nur zu deutlich konnte er sich vorstellen, wie ein schwerer Stein bei seinem Fall über dreißig Meter an Geschwindigkeit zunahm, bis er mit solcher

Wucht auftraf, daß er einen Mann unter sich zerquetschte, ihm Eisen und Knochen zerschmetterte, sein Gehirn herausdrückte . . .

Egil holte ihn ein, als er gerade vom fünften in den sechsten Stock kletterte. Der Kapitän der *Reginleif* war unter seinem zottigen roten Bart und der wettergegerbten Haut erbleicht. Zitternd und schluckend brachte er schließlich mühsam heraus: »Halldor, dein Sohn Ranulf ist von einem Stein getroffen worden. Sein Helm ist eingedrückt und . . . er . . . lebt noch, aber . . .«

Ein Teil von Halldor wunderte sich darüber, daß die Reaktion nicht sofort in ihm einsetzte. Mechanisch, als hole er Atem, begann er wieder hinabzuklettern. Tiefe Wunden brauchen lange, bevor sie zu schmerzen anfangen.

Was aus den Mönchen wurde, kümmerte ihn nicht länger. Es wäre klug gewesen, einige von ihnen am Leben zu lassen, um sie zu verhören oder auch zu verkaufen, falls sie gesund waren. Aber nun, da Halldors mäßigender Einfluß fehlte, wurden sie von den Wikingern bis auf den letzten Mann erschlagen.

II

Birgit war Zeugin der Auseinandersetzung zwischen den Mönchen und den Lochlannach und sah, wie Halldor Anweisungen gab, eine Leiter zu bauen. Aber sie konnte nichts tun, um ihren Landsleuten zu helfen. Die Fremden waren übermächtig, das wußte sie nur zu gut. Statt dessen stahl sie sich heimlich zu der steinernen Kapelle, um dort Trost zu suchen. Es war schon viele Tage her, seit sie zum letzten Mal in einem Gotteshaus gestanden hatte . . .

In der Kapelle war es kühl und dämmrig, und der Weihrauchduft der Ostermesse hing noch im Raum. Der Altar war all seiner Schätze beraubt worden, und nur ein kleines Öllämpchen erhellte die Finsternis. Sie kniete auf dem Erdboden nieder.

Von draußen drangen Schreie herein, als die Mönche niedergemetzelt wurden. Sie faltete die Hände und senkte den Kopf. »Oh, Herr im Himmel«, begann sie. Aber seit dem Raub waren ihre Gebete leer geworden. Nur ihr Stolz hatte sie all die Zeit am Leben gehalten, in der sie von Ranulf und seinen Kumpanen gedemütigt worden war. Ihr verfluchter Stolz und ihre Fähigkeit, sich mit dem Geist weit fortzuträumen. Mochte ihr Körper auch mißbraucht und zerschunden sein – ihre Seele war unberührt geblieben. Zumindest redete sie sich das ein.

Eine Gestalt am Eingang warf einen Schatten. Birgit blickte auf. Kamen sie endlich, um auch sie zu töten? Wie willkommen erschien ihr der Märtyrertod!

Der Mann vor ihr war unbewaffnet; in seinen Armen trug er einen Körper. Das Gesicht des Leblosen war mit Blut beschmiert, aber an der Rüstung erkannte sie Ranulf.

Für einen Augenblick wurde Birgit von Freude durchzuckt.

Als Jugendlicher, der danach dürstete, seine Männlichkeit zu beweisen, war Ranulf ein grausamer Herr gewesen. Weder er noch seine Freunde sprachen ein Wort Gälisch. Sie war wilden Tieren ausgeliefert gewesen. Vielleicht würde er nun sterben oder war schon tot. Doch nein, solch ein Gedanke war unchristlich.

Dann wurde sie gewahr, wer den Jungen trug, und sie holte tief Atem. Halldor, der Kapitän des Führungsschiffs – Ranulfs Vater! Sein Gesicht war verzerrt und sah furchteinflößend aus, die tiefblauen Augen waren zu Schlitzen verengt. Er trug seinen Sohn, als hielte er ein kleines Kind auf den Armen.

»Eure Mönche haben das getan«, sagte er auf gälisch. Er schritt zum Altar. »Mach den Tisch frei.«

Wortlos räumte Birgit Wein- und Wasserkaraffen, ein Kruzifix und ein Büchergestell ab. *Vergib mir, mein Herrgott,* schrie sie innerlich auf.

Halldor bettete seinen Sohn auf das Altartuch und nahm ihm behutsam den zerbeulten Helm ab. Dunkles Blut quoll aus der Wunde. Birgit sah, daß Ranulf noch atmete, wenn auch so schwer, als ob ihm der Tod bereits auf der Brust hocke. Unter dem Helm war der Schädel eingedrückt.

Einer von Halldors Leuten trat vor, um die Wunde zu untersuchen. Er zog Ranulfs Augenlider hoch, schüttelte den Kopf und sagte etwas auf norwegisch.

Halldors Antwort war kurz. Der Mann breitete darauf seine Hände mit einer resignierenden Gebärde aus. Halldor stand da und blickte auf seinen Sohn nieder. *Wenn er auch ein Barbar ist, so ist er doch auch ein Vater, und er trauert.* Dann dachte sie nüchtern: *Die Operation wäre schwierig und ihr Ausgang ungewiß. Aber die alte Äbtissin unterwies mich gut, und wenn der Sohn überlebt, wird der Vater dankbar sein.*

Die Entscheidung kam und mit ihr die Stärke. Sie trat vor. »Ich wurde in Naturheilkunde unterrichtet.«

In Halldors Augen stand Elend. Er schaute sie an und hob seine Hand. Sie wich zurück, da sie einen Schlag erwartete. Statt dessen ließ er den Arm wieder sinken. Kraftlos hing er an seiner Schulter herunter. »Tu, was in deinen Kräften steht, Frau«, antwortete er. »Wenn Ranulf stirbt, stirbst du auch.«

Wenn ich den Tod herbeisehnte, hätte ich nun eine gute Chance, diesen Wunsch erfüllt zu bekommen. Aber zum ersten Mal seit Tagen spürte Birgit wieder Hoffnung aufkeimen. »Lieber Gott, führe meine Hände.«

Ihr Beutel, der die medizinischen Hilfsmittel enthielt, war verlorengegangen, als die Wikinger das Kloster brandschatzten, aber sicher hatten die Mönche einen Heilkundigen unter sich gehabt. Wer er auch gewesen sein mochte, er würde seine Werkzeuge nicht mehr brauchen.

Sie erklärte Halldor, was sie benötigte, und der befahl einem seiner Männer, welcher ein paar Worte Gälisch verstand, sie zu begleiten. Er selbst hielt Wache bei seinem Sohn, während sie sich, von dem Lochlannach bewacht, auf die Suche machte.

Sie fand das Erwünschte in der leeren Schreibstube. Der Beutel hing an einem Bord, das in friedlichen Zeiten die Ledertaschen der Mönche beherbergt hatte. Die Bücher waren natürlich in den Turm geschafft worden, aber in der Eile hatte man die Medizintasche vergessen. Sie fragte ihren Begleiter, ob die Bücher bereits verbrannt worden seien. Nein, kam zögernd die Antwort, Halldor habe es verboten.

Auf dem Rückweg vermied sie es, zum Rundturm zu blicken. Zumindest hatten die Mönche einen schnellen Tod gefunden, und die Märtyrerkrone war ihnen gewiß.

Lieber Gott, wenn ich mit Deiner Hilfe Halldors Sohn rette, werden er und seine Männer vielleicht zum rechten Glauben finden. Sie eilte zur Kapelle zurück.

Ranulfs Atem ging noch langsamer, und ein Röcheln kam aus seiner Kehle. »Ich brauche mehr Licht«, sagte Birgit zu Halldor. Der bellte einen Befehl. Ein Mann brachte eine Öllampe herbei. Halldor selbst hielt sie dicht über Ranulfs Kopf.

Birgit zog die Lider des Jungen hoch. Die Pupillen waren ungleich, die linke stark vergrößert und schwarz. Sie ließ die Lampe noch näher halten. Die Pupille wurde nicht kleiner.

Sie preßte die Lippen aufeinander. Höchstwahrscheinlich würde Ranulf sterben und sie ihm nachfolgen. »Der Schädel ist gebrochen«, ließ sie Halldor wissen, »und der Knochen drückt auf das Gehirn. Ich werde schneiden und abbinden müssen.«

»Was brauchst du dafür?«

»Licht und einen starken Mann, der es hält, ohne daß ihm übel wird.« Auch tapfere Männer verzagten oft angesichts einer solchen Operation. »Und heißes, sauberes Wasser in zwei gereinigten Gefäßen. Die anderen Geräte habe ich hier.« In der Tasche befanden sich ein scharfes Messer, eine Knochensäge, Heilpflanzen, um die Wunde damit zu bedecken, sowie Nadel und Faden – alles was sie benötigte außer Glück und dem Segen Gottes.

Halldor erteilte Anweisungen in seiner Sprache; seine Gefolgsleute hasteten davon, um den Befehlen Folge zu leisten. Während Birgit wartete, betete sie. »Vater unser . . .« Aber als sie die Augen schloß, sah sie nicht Gott, sondern Conaill, ihren leiblichen Vater vor sich. Conaill hatte seine Tochter auf eine gutmütig-ungeschlachte Art geliebt und gewünscht, daß einmal etwas Besseres aus ihr werden solle. Hatte er sie nicht deshalb von ihrer Tante, der Äbtissin, aufziehen lassen? In diesen unsicheren Kriegszeiten war es gut möglich, daß Conaill, falls er überhaupt noch lebte, längst gefangengenommen und vielleicht sogar selbst zum Sklaven gemacht worden war. Birgit hörte, wie die Männer das Wasser hereinbrachten.

Es waren ihrer zwei, beides Freunde von Ranulf, Männer, die sie oft zu ihrem Vergnügen mißbraucht hatten. Sie erröteten, weil sie sich schämten, Frauenarbeit zu tun und, schlimmer noch, ihrer Gefangenen behilflich sein zu müssen. *Wenn ich Halldors Sohn rette, werde ich nicht mehr von diesen Kerlen belästigt,* dachte Birgit. *Und wenn es mir nicht gelingt, sterbe ich.* Sie erlaubte sich eine stolze Geste. Die beiden stellten die Wasserbecken direkt vor sich hin.

Das Wasser dampfte in der kalten Luft. Zuerst wollte sie die Wunde auswaschen. Sie brauchte ein Stück sauberes Tuch und blickte an ihrer Kleidung nieder. Einst war sie makellos gewesen, aber mittlerweile war der rauhe Wollstoff zerlumpt und trug Zeichen ihrer vielen Stürze auf den schmutzigen Boden.

Ranulfs Blut sickerte weiter auf das weiße Altartuch. Aber noch war das heilige Linnen an manchen Stellen unbefleckt. »Ich brauche ein Messer«, sagte Birgit zu Halldor. Sie sah, wie er zusammenzuckte. Zwar befanden sich Messer in ihrer Tasche, aber die waren zu kurz und sollten außerdem scharf bleiben. Halldor traute ihr also noch nicht. Vielleicht befürchtete er, daß sie sich selbst erstechen würde – oder ihn? Ranulfs Atem ging immer langsamer. Sie hatte keine Zeit für seine Bedenken. »Soll ich deinen Sohn retten? Dann gib mir dein Messer!« fauchte sie. Halldor griff zu seinem Gürtel, zog den Dolch aus der Scheide und reichte ihn ihr.

Er wog schwer in ihrer Hand, und die Klinge glänzte scharf. Sie untersuchte ihn im Lampenlicht, während Halldor sie nicht aus den Augen ließ. *Gott vergib mir,* dachte sie und durchschnitt das Altartuch. Mit ihren kräftigen Händen riß sie das Endstück ab.

Sie tauchte das Tuch in das dampfende Wasser und betupfte

AUSTIN - 1979

Ranulfs Kopf. Als sie es wieder eintauchte, rötete sich die Flüssigkeit.

Es war wichtig, schnell zu arbeiten. Birgit wusch ihre Hände und die chirurgischen Geräte im zweiten Becken und trocknete sie am Altartuch ab. Zuerst trennte sie einen Hautfetzen so weit ab, daß er nur noch an einem Ende haftete, und legte den Knochen darunter bloß. Mit dem scharfen kleinen Messer drückte sie das Fleisch zurück. Die Splitter, die in der Fleischmasse staken, waren weiß und rot; Blut sickerte zwischen ihnen hervor. Sie rief sich in Erinnerung, mit welcher Vorsicht jeder einzelne Splitter herausgezogen werden mußte. Die Prozedur würde ein klaffendes Loch im Schädel hinterlassen – später hätte sie Zeit genug, sich darum zu sorgen –, aber während des Heilungsprozesses mußte das bloßliegende Gehirn durch irgend etwas geschützt werden. Während sie arbeitete, sagte sie: »Ich brauche . . .« Sie überlegte. *Holz? Nein, es mußte etwas Geschmeidiges, Biegsames sein.* »Ein Stück Leder, so groß wie die Handfläche eines Mannes. Festes, sauberes Leder. Es muß ausgekocht werden. Kocht es so lange, bis ich danach frage.«

Wieder erteilte Halldor Befehle; ein anderer von Ranulfs Freunden eilte fort.

Auf einmal floß das Blut schneller und sprudelte dann regelrecht hervor. »Mehr Licht«, verlangte Birgit. Halldor hielt die Lampe noch näher; sie blickte auf und sah, daß sein Gesicht aschfahl war. Dort, ein großes Blutgefäß. Mit einem Stück Zwirn band sie es ab. Das Pulsieren ließ nach. Sie atmete erleichtert auf und tauchte die blutbesudelten Hände ins Wasser. Noch nie hatte sie eine dermaßen gefährliche Verletzung gesehen. Gewöhnlich starben solche Patienten noch während der Operation.

Die Blutung war mittlerweile fast ganz gestillt. Mit Nadel und Faden nähte sie nun den Hauptlappen wieder an, indem sie nicht den für Kleidung gebräuchlichen Kreuzstich anwendete sondern einen anderen, der es erlaubte, die Fäden später problemlos zu ziehen – falls es ein Später gab. Jetzt, nach der Entfernung des zersplitterten Knochens, konnte sich die Haut ausdehnen und der Blutung Raum schaffen. Sie bog sich etwas zurück und begutachtete ihre Nadelarbeit. Halldor hielt immer noch die Lampe, aber sein Arm zitterte.

Sie hatte getan, was in ihrer Macht stand. War es nur Einbildung, oder atmete Ranulf tatsächlich etwas freier? Noch eine letzte Aufgabe war zu bewältigen. »Könnte ich jetzt das Lederstück haben?« Während sie sprach, riß sie weitere Streifen von dem Altartuch ab. Sie umwickelte Ranulfs Kopf mit mehreren Schichten dieser Bandage; in die letzte fügte sie geschickt das Leder ein.

Das Sonnenlicht war unterdessen geschwunden. Das einzige Fenster der Kapelle blickte in die Nacht hinaus. *Lieber Gott, segne meine Arbeit*. Ihre Knie gaben nach. Halldor setzte die Lampe ab und fing sie auf.

Birgit und Halldor saßen an Ranulfs Krankenbett und wandten ihre Blicke nicht von ihm ab. Im trüben Lampenschein sah sein Gesicht fast wie das eines kleinen Jungen aus. Der Flaum auf seinen Wangen war beinahe unsichtbar, und sein schlaffer Mund stand leicht offen. Birgit musterte Halldor. Ja, hinter seiner Habichtsnase und dem vollen, buschigen Bart vermochte sie die Familienähnlichkeit zu erkennen. Sie erinnerte sich an Ranulfs Grausamkeit und erschauerte. Sein Vater hatte sie nicht angerührt, weder zur Zeit ihrer Gefangennahme noch später, obwohl sie auf seinem Schiff fuhr.

Sie erhob sich und näherte sich dem Patienten. Dessen Atem ging jetzt schneller, und die Haut war gerötet. Der Wundbrand! Wie oft folgte er auf den chirurgischen Eingriff. Sie tastete nach seinem Handgelenk: der Puls ging sehr schnell.

Von der Tür war es nicht weit bis zum Flußufer, aber sie erkannte an Halldors Gesichtsausdruck, daß er ihr nicht gestatten würde, hinauszugehen. Sie fand ein Gefäß mit Weihwasser und riß einen Fetzen von ihrem Kleid. Reinlichkeit war nicht mehr notwendig, und wieviel Schamgefühl hatte man ihr denn noch gelassen? Sie betupfte Ranulfs Gesicht und seine Handgelenke, dann setzte sie sich wartend zurück.

Obwohl Halldor seine Bettdecke hereingebracht hatte, legte sich keiner von beiden in dieser Nacht nieder. Birgit lehnte sich gegen die Wand und döste von Zeit zu Zeit ein wenig, die Knie gegen das Kinn gezogen. Sie hatte wirre Träume: Gottvater, Conaill und Halldor trugen dieselben Gesichtszüge.

Als die ersten Strahlen des Morgens durch die Kapellentür fielen, bewegte sich Ranulf, aber nur mit seiner linken Seite. Als die Sonne höher stieg, schlug er die Augen auf und versuchte, ein paar Worte herauszubringen. Seine Zunge war dick angeschwollen, und nicht einmal sein Vater konnte ihn verstehen. Birgit gebot Halldor, ihm keinen Met zu reichen. Statt dessen hielt sie einen sauberen, wassergetränkten Stoffetzen an Ranulfs Lippen.

Als sich seine Pupillen so sehr verengt hatten, daß er sie erkennen konnte, wandte er den Kopf ab, aber dann erblickte er seinen Vater und blieb ruhig liegen. »Er braucht Wasser«, sagte Birgit. »Aber wenn er im Liegen trinkt, wird er ersticken. Kannst du seinen Kopf und seine Schultern anheben . . .?« Halldor tat, wie sie ihm gesagt hatte, und Birgit führte eine Wasserflasche an Ranulfs Lippen.

In seiner Schwäche besudelte er sich, und sie half ihm, als sei er ein Säugling. Sie hatte Erfahrung darin, denn sie hatte ihren kleinen Bruder aufgezogen, als ihre Mutter im Kindbett gestorben war. Und sie lächelte. Dieser Mann hatte sie geschlagen und gedemütigt. Wer von ihnen beiden war nun der Stärkere?

Sie sammelte Fetzen und Tücher auf, um sie zu waschen, und blickte Halldor um Erlaubnis bittend an. Er nickte. »Mein Sohn lebt«, sagte er. »Dir wird nichts geschehen. Ich werde meinen Männern Bescheid sagen.« Seine Hände zitterten, und unter seinen Augen hatten sich purpurne Ringe gebildet.

III

Als Halldor in den Morgen hinaustrat, traf er seine Wikinger wohl versorgt an. Manche hatten es sich in den winzigen Hütten bequem gemacht, die vordem den Mönchen als Unterkunft gedient hatten, andere hausten in Zelten, die sie nahebei aufgeschlagen hatten. Küchenfeuer loderten, Wachen waren aufgestellt, Männer, die nicht anderweitig beschäftigt waren, reinigten und schärften ihre Waffen, und einige wenige, die nichts Besseres zu tun hatten, lungerten herum, spielten Knöchelwürfeln oder lieferten sich, etwas weiter entfernt, eine wilde Partie Schlagball.

Egil und Sigurd hatten hart gearbeitet, um alles in Ordnung zu bringen. Halldors Seekiste war zusammen mit den anderen Sachen in die Kapelle gebracht worden, und sein Schlafsack lag aufgerollt auf dem Boden. Dort würde er wohnen, bei seinem Sohn.

Es war ein klarer Tag. Einige wenige Wolken wanderten, von einer milden Brise bewegt, über den azurnen Himmel. Sonnenstrahlen aus dem Osten ließen sie weiß aufleuchten, brachen sich glitzernd im Fluß und färbten die Baumkronen längs des bewaldeten Ufersaums grüngolden. Die fröhlichen Rufe der Ballspieler, der Essensduft, der beizend in seine Nase stieg, das vertraute Krächzen eines vorbeiziehenden Krähenschwarms hellten Halldors düstere Stimmung auf.

Egil kam näher. »Wie geht's?« fragte er leise. Er und Halldor waren alte Freunde.

»Es besteht noch Hoffnung für ihn.«

»Gut! Bei dieser Wunde hätte ich das niemals erwartet . . .«

»Nein, ich auch nicht. Die Leute hier im Westen besitzen Kenntnisse, die uns fremd sind.« Halldors Blick schweifte in

die Ferne, und er suchte nach Worten. »Die Bücher, die wir gefunden haben, sollen nicht angetastet werden. Und ebensowenig die irische Frau. Keiner darf gegen ihren Willen Hand an sie legen. Wer zuwiderhandelt, bekommt es mit mir zu tun. Sag das den anderen.«

»Auch wenn Ranulf stirbt?«

Halldor nickte. »Auch dann. Es war ungerecht von mir, sie mit dem Tod zu bedrohen, falls er sterben sollte. Ich war überreizt. Was auch immer das Schicksal für ihn bestimmt hat – was kann sie dafür? Aber sie hat gekämpft, um ihn zu retten, ihn, der sie zu seiner Dirne gemacht hatte. Das muß man anerkennen.«

Für einen Augenblick war es ihm, als sähe er sie wieder zum ersten Mal, damals, als Ranulf sie zu dem brennenden Kloster zurückzerrte, nachdem er und ein halbes Dutzend seiner Kumpane sie draußen auf dem Feld vergewaltigt hatten. Groß, schlank, helle, sommersprossige Haut über den starken Knochen, das Haar nach Nonnenart kurz geschoren aber wunderbar kastanienbraun leuchtend, so hatte sie in ihrem besudelten Gewand aufrecht vor ihm gestanden; und in ihren Augen waren Trübnis und Kälte einer winterlichen Abenddämmerung gewesen. Später, auf dem Schiff, waren die grauen Augen ein wenig wärmer geworden, ja, er vermeinte sogar, eine Spur von Sympathie in ihnen zu lesen, als er sie einmal nach ihrer Herkunft fragte – Ranulf hatte sich noch kurz zuvor mit ihr auf dem Vorderdeck vergnügt. Vielleicht sah sie mehr in ihm als ein dumpfes Tier, weil er ihre Sprache verstand. Sie hatte ihm erzählt, daß sie das uneheliche Kind eines Häuptlings sei. Das mußte der im Norden sein, ein Stück landeinwärts. Die Piraten, begierig, so schnell wie möglich zum Shannon zu kommen, hatten seine Besitztümer nicht angegriffen . . .

Egil zuckte die Achseln. »Wie du willst. Aber sag den Leuten besser selbst, daß sie unter deinem Schutz steht. Etwas anderes: wie sollen wir nun weiter vorgehen?« Da sie nicht wissen konnten, wie die Dinge sich entwickeln würden, hatten die Schiffsführer es nicht für nötig gehalten, einen detaillierten Plan auszuarbeiten.

Die Müdigkeit fiel von Halldor ab. Oft genug hatte er auf See ganze Nächte durchwacht; nun konnte er zumindest für eine kurze Zeitspanne die Sorge um seinen Sohn vergessen und sich den Aufgaben zuwenden, die seiner harrten. »Was meinst du?« fragte er den Freund. »Ich habe mir darüber nicht so viele Gedanken gemacht, wie es wohl notwendig gewesen wäre.«

»Nun, zuerst sollten wir die Mönche beerdigen, bevor sie anfangen zu stinken, und da wären noch ein paar andere kleine Sachen, die sich schnell erledigen lassen. Die Männer werden schon unruhig. Am besten senden wir heute einen Trupp voraus, um das Hinterland zu erkunden; er soll aber vor Einbruch der Dunkelheit zurückkommen und etwas mitbringen, das wir unseren Göttern opfern können, sonst werden nicht wenige unserer tapferen Krieger heute nacht aus Furcht vor den Geistern zittern. Morgen können wir dann ja ernstlich vorrücken.«

Keiner von Egils Vorschlägen kam für Halldor überraschend, und das war gut so. »Du bist ein geriebener alter Bursche«, sagte er anerkennend zu ihm. Ein Prickeln durchlief ihn. »Ich selbst werde den Spähtrupp leiten und anschließend das Opfer durchführen.«

Obwohl er persönlich sich nicht vor toten Mönchen fürchtete, konnte ein Opfer nichts schaden – *Für Ranulf und seine Gesundung. Für mein Haus. Was sonst hat mich hierhergebracht als die Sorge um mein Geschlecht*?

Kurz vor Sonnenuntergang kam er zurück und eilte zur Kapelle. »Wie geht es ihm?«

»Er ruht«, antwortete Birgit und führte ihn hinein.

Ranulf schlief friedlich auf dem Altar unter dem Bildnis des gekreuzigten Weißen Christus. Sie hatte ihm eine Mönchskutte angezogen, eine zweite zu einem Kopfkissen zusammengerollt und eine dritte als Decke über ihm ausgebreitet. Er sah, daß sie noch einige andere auf dem Boden übereinandergelegt hatte, so weit wie möglich von seinem Schlafsack entfernt – ihre eigene Bettstatt. Er fragte sich, was sie wohl dabei empfinden mochte, auf den Gewändern ihrer erschlagenen Landsleute zu liegen.

Seine Gedanken verloren sich in einer freudigen Aufwallung. Ranulf lebte, Ranulf lebte! Sofort fiel ihm ein, was er Thor schuldig war. »Halte Wache . . .«, begann er.

»Ich würde allenfalls hinausgehen, um jenen Topf zu leeren«, beschied sie ihn kühl. »Zu viele Barbaren in der Gegend.« Das war kühn von ihr, so zerschlagen, hohläugig und allein, wie sie war.

»Wenn dir jemand etwas antut, verliert er sein Leben, und das wissen sie«, platzte Halldor heraus. Hastig fügte er hinzu: »Aber du bleibst besser bei meinem Jungen. Wir . . . halten heute abend ein kleines Festmahl ab, bei dem du nicht teilnehmen kannst. Ich lasse dir Fladenbrot und Stockfisch bringen.«

Ihr Blick suchte den Erlöser am Kreuz. »Ich danke dir«, hauchte sie, aber nicht zu dem Mann.

Halldor strich mit seiner Hand über Ranulfs Stirn, drehte sich um und ging. Etwas später sah er, wie sie aus der Tür spähte. War sie neugierig? Wenn ja, so gefiel ihm auch das.

Während er mit einigen Leuten das Festland erkundet hatte, waren Egil und Sigurd auf der Insel nicht müßig gewesen. Zur Vorbereitung der Zeremonie hatten sie einen gewaltigen Felsblock vor den Rundturm schaffen lassen, der als Altar dienen sollte; sogar ein Zeichen war in den Stein geschlagen worden: das Sonnenrad und der Wagen des Donnergottes. Auf dem Altar lag Halldors Hammer mit kurzem Schaft und schwerem Kopf, der vom Schiff geholt worden war. Auch ein Messer und eine Schale waren zur Hand sowie ein Bündel Ruten, von den Bäumen der Insel geschnitten. Vor dem Stein war ein Pferd angepflockt, das man auf einem verlassenen Bauernhof gefunden und mit dem *Seebär* herbeigeschafft hatte: ein zottiges braunes Pony, das vor Angst und Verwirrung zitterte und die Augen rollte. Nahebei knisterte ein Feuer unter einem Kessel, in dem Wasser zu sieden begann.

Die Wikinger hatten sich im Halbkreis versammelt und die prächtigsten Gewänder angelegt, über die sie nach all ihren Kämpfen und Raubzügen noch verfügten. Über ihnen verschwamm der Himmel in Blau, dunkler nach Osten zu, glasiggrün im Westen, wo die Sonne eben hinter einer bewaldeten Anhöhe auf dem Festland versunken war. Der Fluß glänzte noch im Widerschein des Lichts, über ihm schwebten kreischend einige Möwen.

Als er vor die versammelten Krieger trat, durchfuhr es Halldor: *Oh, Herr der Stürme, nimm alles, was ich dir darbringe, und gib mir dafür meinen Sohn zurück!* Etwas in ihm machte sich darüber lustig: *Na, du betest ja genauso wie ein Christ. Willst wohl ein Tauschgeschäft mit den Mächtigen machen? Aber was sonst kann ein Mensch schon tun? Unser Schicksal ist uns sowieso vorherbestimmt – vielleicht können uns die Götter also gar nicht helfen?* Trotzdem bat er weiter: *Thor, Herr des Wetters, wir beide sind doch immer gut miteinander ausgekommen, oder? Bitte höre mich an. Ich bin noch nicht zu alt, um neue Söhne zu zeugen, ob nun Unn noch welche gebären kann oder nicht. Aber ich bin alt genug, um zu wissen, wie schnell und leicht ich sterben kann. Wer sorgt dann für den Fortbestand meines Hauses? Hilf Ranulf, am Leben zu bleiben!*

Er war an dem Steinaltar angelangt und erhob beide Arme. Es wurde vollkommen still bis auf das leise Rauschen des Flusses und das Geschrei der Möwen.

Hier konnte kein großes Fest gefeiert werden wie in Norwegen, wo die Leute von weither zu einem Opfer zusammenströmten. Es kam nur darauf an, vor den Männern den Willen der hohen Götter zu befolgen. Er betäubte das Pferd mit dem Hammer, dann durchschnitt er ihm die Kehle. Egil und Sigurd fingen das Blut in einer Schale auf. Halldor tauchte die Ruten hinein und strich mit ihnen über den Altar und die versammelten Männer. Der Kadaver wurde ausgeschlachtet; Bier kreiste, während das Fleisch im Kessel kochte. Fröhlichkeit breitete sich aus, und über den wohlgefüllten Trinkhörnern wurden großsprecherische Ankündigungen gemacht. Die Sterne zogen auf, man entzündete Fackeln und kleinere Feuer. Als die Mahlzeit fertig war, sprach Halldor einen Segen über sie. Fleisch und Brühe wanderten in die Näpfe und von dort in hungrige Schlünde. Von den Knochen, die sie in die Glut warfen, stieg ein schwärzlicher Qualm zum Himmel auf und lud die Götter zum Festmahl.

Ein schwerer Umtrunk schloß sich an. Die Schiffe führten Met- und Bierfässer mit, bei den Mönchen hatte man noch mehr gefunden, und einige Krüge Wein dazu. Die auf den

Boden hingelagerten Männer erzählten sich Geschichten aus vergangenen glücklichen Zeiten oder lauschten den Liedern, die von denen vorgetragen wurden, die ein Talent zum Barden besaßen. Halldor hielt sich nicht abseits. Er brauchte das Vergnügen und die Ablenkung.

Die Feuer waren niedergebrannt, Thors Wagen stand bereits schief am Firmament, und die Kälte war durch seine Kleider bis auf die Haut gedrungen, als er endlich gute Nacht sagte und sich im Dunkeln auf den Weg zur Kapelle machte.

IV

Birgits Magen rebellierte, als ihr der Gestank vom Pferdefleisch in die Nase zog: ein heidnisches Fest mit verbotenem Fleisch. Von der Tür zur Kapelle aus hatte sie das Opfer mitangesehen und war zusammengezuckt, als Halldor die Kehle des armen Tiers durchtrennte – wenn er es auch zuvor betäubt hatte, wie sie zugeben mußte. Sie hatte die Ungläubigen bei ihrem Gelage beobachtet, bis es finstere Nacht um die Feuer geworden war. Nun stiegen Gelächter und derbe Scherze zu den Sternen auf. Und das auf derselben Insel, die der heilige Senan einst für Jesus Christus erobert hatte! Für einen kurzen Moment wünschte sich Birgit, das alte Ungeheuer möge zurückkehren, um die sündigen Zecher in alle Winde zu zerstreuen; aber wenn es von St. Senan vertrieben worden war, mußte es ein Geschöpf der Finsternis sein.

Schon daß sie, eine Frau, sich hier aufhielt, bedeutete ein Sakrileg. Der Heilige hatte keinen Frauen, nicht einmal Nonnen, Zutritt zu seiner Insel gewährt, und jahrhundertelang hatten die Mönche diese Regel befolgt. Aber sie war ja nicht aus freien Stücken hergekommen.

Daß Ranulf auf dem Altar lag, war eine Entweihung mehr: ein Heide auf den Tisch der heiligen Messe gebettet. Aber sein Vater hatte bestimmt, daß er dort liegen solle. Er schlief die meiste Zeit. Wenn er von Traumbildern behelligt wurde, bewegte sich nur seine linke Seite. Die rechte Körperhälfte schien gelähmt zu sein. Seine Waffengefährten hatten sein Schwert neben ihn gelegt. Gut möglich, daß er es nie wieder führen würde. Von Zeit zu Zeit wachte er auf und blickte Birgit mit gehetzten Augen an. Er war seiner ehemaligen Gefangenen auf Gnade und Ungnade ausgeliefert und konnte weder sprechen noch sich wehren. Zweifellos erwartete er von ihr dieselbe Behandlung, die er ihr früher hatte zuteil werden lassen.

Birgit fürchtete ihn nicht länger. Sie behandelte ihn so, wie sie es mit jeder anderen hilflosen Kreatur auch getan hätte.

Die Luft in der Kapelle mit dem lehmgestampften Boden war kühl und feucht. Sie roch nach Moder und einer Spur von Weihrauch, aber der typische Geruch eines Krankenzimmers herrschte vor. Wenn nun tatsächlich ihre persönliche Sicherheit gewährleistet war, konnte sie sich morgen vielleicht hinauswagen, um Vorräte zu beschaffen, Kräuter zu sammeln, die Kleider zu waschen. Sollte Gott ihr Flehen wirklich erhört haben?

Lauter erscholl das Gelächter bei den Feuern, und Grölen und Johlen auf norwegisch drang an ihr Ohr. Sie schrak zusammen. Sie verstand diese Sprache nicht, sie wußte nur, daß alle, die sie sprachen – mit Ausnahme Halldors –, sie tagelang wie ein stumpfes Tier behandelt hatten.

Jemand machte sich an der Tür der Kapelle zu schaffen. Sie öffnete sich lautlos in die Nacht, und Halldor trat schwankend ein, Gesicht und Gewand über und über mit getrocknetem Pferdeblut bespritzt. Er schritt auf Birgit zu und packte sie am Handgelenk. Die Ausdünstungen von Bier, Leder und Männerschweiß, vermischt mit dem beizenden Geruch des Holzfeuers, benahmen ihr den Atem. Aber sie vermochte sich nicht aus seinem Griff zu befreien. Sie war gewiß kein Schwächling, sie war groß für eine Frau, aber ihr Scheitel reichte kaum bis an sein Kinn. Sie wich seinem Blick aus und starrte statt dessen auf die goldene Spange an seinem Mantel. Sie ähnelte einem Schmuckstück, das ihr Großvater einst getragen hatte. Bestimmt hatte Halldor sie gestohlen.

Halldors Atem ging schnell. »Schläft mein Sohn?« Birgit nickte wortlos. Er legte einen Arm um ihre Taille. Sie stand wie gelähmt. »Du hast gut für ihn gesorgt. Du brauchst dich nicht mehr vor meinen Männern zu fürchten. Ich habe ihnen verboten, dich zu mißbrauchen und ihnen gesagt, daß du von nun an mir ganz allein gehörst.«

Birgit wandte ihr Gesicht zum Altar. Närrin, die sie war, hatte sie sich bereits gerettet geglaubt. Ein plötzlicher Brechreiz würgte sie. »Ich gehöre keinem Mann«, stieß sie hervor, »außer

Christus, dem ich mich geweiht habe.« Vielleicht würde Halldor sie für diese Worte töten. Sie hoffte es.

Statt dessen brach er in Gelächter aus. Sie konnte hören und riechen, wie betrunken er war. »Dein Christus ist ein erbärmlicher Bräutigam, wenn er dich nicht besser beschützt. Eine Frau wie du braucht einen starken Mann.« Er ließ ihre Taille los und umschloß ihre beiden Handgelenke mit seiner riesigen Pranke. Mit der anderen Hand zog er ihren Kopf an sich. Sie schloß die Augen, um nicht den Ausdruck der Gier auf seinem Gesicht sehen zu müssen.

»Sieh mich an, Frau.« Unter dem Druck seiner Finger, die auf ihrer Wange lagen, öffneten sich wieder die alten Wunden, die Ranulf und seine Spießgesellen ihr zugefügt hatten. Es gab keine Rettung für sie, er würde sie zwingen, wenn sie sich sträubte. Sie blickte ihn mit ausdruckslosem Gesicht an.

Die Fältchen um Halldors Augen erzählten von jahrelanger Suche in der Ferne. Was für seltsame Länder und Meere mochten sie wohl geschaut haben? Er sah nicht grausam aus, nur etwas bezecht und überrascht. Er war es wohl nicht gewohnt, bei Frauen auf Ablehnung zu stoßen. Trotz einer Narbe auf seiner Nase wirkte er auf eine vierschrötige Art sehr anziehend, blond, gebräunt und wettergegerbt, wie er war. Aber er hatte dieselbe Hautfarbe und Kinnpartie wie sein Sohn. Bei der Erinnerung an Ranulf, an Schläge, Schmerzen und rohes Gelächter schauderte Birgit zurück. Ein Rest ihres Stolzes gab ihr die Kraft, sich hoch aufzurichten.

»Du bist zu schön für das schmale Bett einer Nonne.« Halldor lächelte sie an. »Ich werde dir nicht weh tun. Das macht kein Vergnügen. Zieh deine Kleider aus.« Er gab ihre Hände frei.

Birgit stand reglos. *Wenn ich fliehe, muß ich hinaus in die dunkle Nacht voller Räuber und Mörder. Leiste ich aber Widerstand, wird er mich bezwingen, denn er ist viel stärker als ich, und mir vielleicht seinen Schutz entziehen. Oh, lieber Gott, Du verstehst mich gewiß.* Überraschend ruhig löste sie ihren Gürtel, küßte ihn und ließ ihn zu Boden gleiten. Ihr schmutziges, zerrissenes Übergewand folgte ihm nach, ebenso der linnene Unterrock. Da sie im Kloster zur Ordentlichkeit erzogen worden war, faltete sie alles sorgfältig zusammen.

©AUSTIN -1979

Endlich war sie nackt. Sie zitterte. Ihr Körper schimmerte bleich im Lampenlicht: kleine hohe Brüste, ein flacher Bauch, schlanke Gliedmaßen, die nun durch Kratzer, Schrunden und blaue Flecken gezeichnet waren. Warum hatte Gott sie nicht häßlich erschaffen! Sie ballte die Fäuste.

In Halldors Blick lag Bewunderung. Er nickte. »Wirklich ansehnlich bist du!« Mit einem rauhen Finger betastete er die Male auf ihren Schenkeln. »Du bist mißbraucht worden. Kein Wunder, daß du Angst vor mir hast. Junge Männer müssen noch viel lernen.«

Birgit rührte sich nicht, während Halldor sich entkleidete. Er war stämmig und muskulös; Brust, Bauch und Lenden waren mit goldenem Flaum bedeckt. Wo seine Haut nicht von Sonne und Salz gegerbt worden war, leuchtete sie hell. Er brauchte sich seiner Nacktheit nicht zu schämen.

Birgit hatte schon zuvor nackte Männer gesehen, Patienten zum Beispiel und in den letzten Tagen nur allzuviel von Ranulf und seinen Freunden. Aber Halldor war weder ein Invalide noch ein unreifes Bürschchen. Sie erbebte und verschränkte ihre Arme vor den Brüsten.

»Du mußt frieren«, sagte Halldor. »Meine Bettdecke ist wärmer als die Kutten der toten Mönche.« Er legte ihr seine Hand ins Kreuz und schob sie sanft auf seine Bettstatt zu. Sie duldete es, daß er sie leitete.

O Gott, wecke Ranulf auf, schicke eine Ablenkung, tue irgend etwas, bitte! Aber es erfolgte keine Antwort. Sie hätte genausogut zum Wind reden können. Matt sank sie auf die rauhe Wolle.

Halldor ließ sich neben ihr nieder. Seine Hände glitten über ihren Körper. »Du bist wirklich sehr schön.« Sie sagte kein Wort und zwang sich, an etwas anderes zu denken. Sie hatte seit ihrer Gefangennahme viel Übung darin bekommen, Belästigungen und Schmerzen aller Art zu ignorieren. Aber Halldors Berührung verwirrte sie, riß sie von unklar aufsteigenden Kindheitserinnerungen zurück in die Gegenwart. *Warum mißbraucht er mich nicht und fertig? Was will er denn noch?* Nach vielen Tagen der Gewalt war sie überall wund. Als Halldor in sie eindrang, biß sie sich auf die Lippen, um nicht vor Schmerz aufzuschreien. Ranulf und seine Kumpane hatten sich über ihre Qualen lustig gemacht. *In ein paar Augenblicken ist es vorüber. Ich bin stark, daß ich alles für eine kurze Zeit aushalten kann.* Dann dachte sie nüchtern: *Wenigstens warten nicht noch sechs andere, bis sie an die Reihe kommen.*

Sie hielt den Schmerz aus, aber er ließ allmählich nach, und der Mann drang immer noch in sie ein. Nichts half ihr mehr, die langsame und überlegte Vergewaltigung zu verdrängen. Der Schmerz hatte zumindest dazu gedient, ihren Geist zu beschäftigen und abzulenken.

Nach Ewigkeiten, wie ihr schien, hielt Halldor plötzlich inne und stöhnte laut auf. Seine Finger krallten sich in ihre Schultern, und sein Körper bebte. Eine Weile war er still, dann rollte er sich von ihr herunter und legte sich neben sie, das Gesicht ihr zugewendet. Sie hielt den Blick starr auf die Decke gerichtet. Er war schwer gewesen; es war gut, wieder atmen zu können.

Halldor seufzte. Birgit fühlte, wie er sich auf einen Ellbogen stützte und die Hand nach ihr ausstreckte. Aber er berührte sie nicht. Er verharrte so eine Zeitlang, bevor er sich herumdrehte und die Decke über seine Schultern zog.

Erst als er zu schnarchen begann, wagte Birgit zu weinen. Tränen, die ersten seit ihrer Gefangennahme, liefen ihr übers Gesicht. *Es gibt kein Entkommen für mich. Er wird mich weder töten noch in Ruhe lassen. Der Herrgott selbst hat mich im Stich gelassen, nein Herr, vergib mir die Sünde der Verzweiflung.*

Zitternd kroch sie aus dem Bett und zog ihren Unterrock an, damit Halldor sie beim Erwachen nicht nackt vorfinden würde. Sie starrte zum Altar, wo Ranulf unter dem Kruzifix schlief. Der gemarterte Christus kam ihr fremd vor und weit entfernt. Nachdem sie ihr Lager aufgesucht hatte, überkam sie schnell die Schwärze des Schlafs.

V

Die Wikinger waren noch vor Morgengrauen aufgebrochen. Sie ließen nur ihre ernstlich Verwundeten, Ranulf sowie zwei andere Männer, zurück. Sie befanden sich auf der Insel in Sicherheit; es gab keine irischen Krieger in der Nähe, die sie plötzlich hätten überfallen können. Trotzdem schmerzte es Halldor, seinen Sohn hilflos in der Obhut einer Frau zu wissen, der bitteres Unrecht geschehen war. Aber was sein mußte, mußte sein, und Untätigkeit schlug die allerschlimmsten Wunden.

Die Nordmänner ruderten mehrmals über den Fluß, um die Bauernhöfe an seinen beiden Ufern zu plündern. Die Ausbeute war gering und bestand zumeist aus Lebensmitteln und Vieh. Sie trafen niemanden an; sämtliche Einwohner waren geflohen, und die Wälder umstanden in unheimlichem Schweigen die weiten Felder unter den sich auftürmenden weißen Wolkenbergen. »Sie sind flußaufwärts geflüchtet, nehme ich an«, bemerkte Halldor zu einem von Ranulfs jungen Freunden, der sich über die spärliche Beute beklagt hatte. »In derselben Richtung liegt auch eine Abtei – eine Ansiedlung von Mönchen ganz ähnlich derjenigen, die wir eingenommen haben, nur größer und als fester Stützpunkt ausgebaut. Außerdem befindet sich die Burg eines Häuptlings ganz in der Nähe.«

»Warum schlagen wir dort nicht sofort zu, bevor sie ihre Kräfte konzentrieren können?« fragte der junge Mann.

»Weil wir den Leuten Zeit lassen wollen, damit sie all ihre wertvollen Besitztümer in die Festung bringen, in der sie Schutz zu finden hoffen. Was die Krieger angeht, so kann der Häuptling dieser Gegend weit weniger Männer zusammenziehen, als du befürchtest. Er liegt im Streit mit einem mächtigen Nachbarn und ist gezwungen, seine östliche Mark zu bewachen. Du weißt doch, daß ich im letzten Winter jenes Gebiet ausgekundschaftet habe.«

Halldor schwieg einen Augenblick. »Gewiß, es ist schon möglich, daß uns die Iren an Zahl überlegen sind, wenn wir auf sie treffen, und sie sind ebenso gute Kämpfer wie wir. Aber nur sehr wenige tragen Kettenpanzer, und sie haben nicht gelernt, in einer wohlgeordneten Schlachtreihe vorzurücken. Wir können sie schlagen und zerstreuen. Dann sind die Abtei und der Wohnsitz mit allem, was sich darin befindet, unser, und wir können von da aus ungehindert das ganze Land durchkämmen.«

»Wie lange wird es bis dahin noch dauern?«

Halldor zuckte die Achseln. »Eine Woche, vielleicht zwei. Wir müssen abwarten, was kommt. In der Zwischenzeit können wir die nahe gelegenen Flußufer säubern.«

»Du hast dir schon mehr als genug genommen«, versetzte der andere mürrisch. »Die einzige Frau auf der Insel hast du für dich ganz alleine reserviert.«

Halldor erhob eine Hand wie zum Schlag und blickte so bedrohlich, daß der andere die Augen niederschlug und sich schnell davonmachte.

Nachdem sie alle Bauernhöfe geplündert hatten, die in bequemer Reichweite lagen, kehrten die Wikinger gegen Abend auf die Insel zurück. Halldor eilte zur Kapelle. Sein Herz klopfte, und er verspürte ein Würgen in der Kehle. Hinter dem Portal war es schon dunkel. Zwei Lampen erhellten den Raum nur spärlich. Birgit, die sich in der Nähe des Altars niedergekauert hatte, erhob sich bei seinem Eintritt und wich zurück. Halldor suchte seinen Sohn. »Ranulf«, flüsterte er.

Halb verborgen unter den Bandagen, die Birgit vor kurzem gewechselt hatte, lebte das Gesicht zumindest, wenn auch die rechte Seite völlig starr war. Die Augen erwiderten Ranulfs Blick. Die Zunge war so angeschwollen, daß Ranulfs Worte schwer zu verstehen waren. »Vater . . . Ich glaube nicht mehr . . . jetzt . . . daß ich den Weg in die Hölle gehen muß.«

Halldor bezweifelte, ob sein Sohn überhaupt jemals wieder würde gehen können. »Wie fühlst du dich?«

»Nicht mehr ganz so schlimm. Weniger Schmerzen. Sie ... sorgt gut für mich.«

Halldor spähte durch das Dunkel nach Birgit. In ihrem grauen Gewand war sie ein Schatten unter anderen. »Komm her«, sagte er. Schritt für Schritt näherte sie sich, blieb aber hinter dem Altar stehen, so daß er eine Barriere zwischen ihnen bildete. Sie stürzte sich auf den kalten Stein und lehnte sich ein wenig vor.

»Wie steht es mit ihm?« fragte Halldor. »Sag mir die Wahrheit. Hab keine Angst.«

Sie straffte sich: »Oh, ich habe keine Angst vor dem Tod, falls du das meinst.« Ihre Stimme wurde leiser. »Sein Schicksal liegt in Gottes Hand. Du kannst jedoch hoffen. Er ist stark und erholt sich schneller, als ich erwartet hatte.«

»Benötigt er etwas?«

»Gottes Gnade. Darüber hinaus –« Sie suchte einen Moment nach Worten, bevor sie schnell sagte: »Nun, dieses Gebäude ist als Krankenzimmer ungeeignet. Bring ihn in eine Mönchszelle, die von einem kleinen Feuer erwärmt werden kann. So würde auch das Heiligtum nicht länger entweiht.« Sie berührte das Kruzifix. »Ich werde Ihn darum bitten, euch zu verzeihen.«

Halldors Lippen kräuselten sich. »Du wirkst viel Gutes unter deinen Feinden, Birgit.«

»Christus befiehlt die Vergebung der Sünden«, sagte sie abweisend.

Er betrachtete sie eine Weile und murmelte dann: »Kann ich noch etwas für Ranulf tun?«

»Ja.« Die Antwort kam so prompt, daß sie schon lange darüber nachgedacht haben mußte. »Es kann sein, daß die Glieder seiner rechten Seite gelähmt bleiben werden. Auf jeden Fall ist es wichtig, sie möglichst oft zu reiben und zu massieren. Morgen fange ich damit an, wenn du nichts dagegen hast. Mache ihm klar, worum es geht und daß er den Schmerz aushalten muß, ja sogar von sich aus versuchen soll, sich zu bewegen.«

»Gut!« willigte Halldor ein. Es klang beinahe fröhlich. »Wenn sonst nichts mehr getan werden kann, soll er auf der Stelle in einer Mönchszelle einquartiert werden.« Eine Weile stand er da, ohne etwas zu sagen. »Und du, mein Mädchen, bist völlig erschöpft.«

Sie gab keine Antwort.

Als sein neues Lager bereitet war, ein Feuer in dem winzigen offenen Kamin flackerte und man ihn bequem gebettet hatte, fiel Ranulf in einen tiefen Schlaf. Auf Halldors Bitten wachte einer seiner Kameraden bei ihm, damit sich die Krankenschwester eine Ruhepause gönnen konnte. »Ganz richtig, Kapitän«, sagte der junge Mann. »Sie wird ihm nichts nutzen, wenn sie kieloben schwimmt. Und jedem anderen genausowenig.« Er warf einen lüsternen Blick auf die Frau. Halldor wußte, daß sie kein Wort verstand, aber ihre Wangen wurden noch bleicher. Sie ballte die Fäuste und kehrte ihnen den Rücken zu.

»Komm.« Er nahm ihren Ellenbogen. Sie zuckte zusammen, aber sie gingen gemeinsam weg.

Holzrauch erfüllte die Luft, und der Lärm der Männer vermischte sich mit dem Brüllen und Blöken, dem Grunzen und Gackern der Tiere, die sie mitgebracht hatten. Mehrere Norweger zimmerten Pferche und Käfige aus Holzstämmen, die sie im Hain am westlichen Ende der Insel geschlagen hatten. Birgit beobachtete ihr Treiben und flüsterte wie zu sich selbst: »Nun werden die kalten Seestürme über die ungeschützten Gräber der alten Mönche und die unselige Grube, in der ihr die Ermordeten verscharrt habt, hinwegfegen. Möge Gott ihre Seelen erwärmen.« Ihre grauen Augen starrten in die Ferne.

Irgendwie beunruhigt sagte Halldor zu ihr: »Da wir den ganzen Tag unterwegs waren, werden wir jetzt eine große Mahlzeit einnehmen. Ich hoffe, du bist noch nicht verhungert.«

Sie wendete ihm ihr Gesicht zu. Die Backenknochen zeichneten sich scharf unter der Haut ab. »Ich habe beschlossen, nichts von eurer Nahrung zu mir zu nehmen.«

Erschrocken erinnerte er sich an die Sitte der Iren, sich gegen einen Unterdrücker durch Nahrungsverweigerung zur Wehr zu setzen. Wer würde sich um seinen Sohn kümmern, wenn sie stürbe? Aber sofort überkam ihn wieder die gewohnte Unerschütterlichkeit des Händlers, und er zuckte nur die Achseln.

»Wie wäre es dann wenigstens mit etwas frischer Luft? Du hast den ganzen Tag nur im Krankenzimmer gehockt.«

Mit aufkeimender Hoffnung hörte er, wie sie leise aufschluchzte. Er nickte ihr leicht zu und schritt in Richtung Süden aus. Sie blieb erst zurück, folgte ihm dann jedoch. Nebeneinander, nur durch eine Armlänge getrennt, schlugen sie den Weg ein, der sie am weitesten vom Lager fortführte.

Im Westen war die Sonne hinter den Bäumen auf dem Festland versunken. Über der dunkelnden Linie des Waldes glühten die Wolken im letzten Tageslicht golden auf. Der Himmel war noch blau, und der Fluß schimmerte in seinem Widerschein. Eine Brise trug abendliche Kühle und die Gerüche von frühlingshaftem Wachstum heran. Krähen flatterten krächzend vorbei. Der Boden, grün von jungem Gras und mit Wiesenblumen übersät, fühlte sich weich unter den Füßen an. Obwohl die Insel flach und klein war, ebbte der Menschenlärm hinter den beiden kräftig Ausschreitenden schnell ab, bis er kaum noch vernehmlich war.

Die Stille lastete auf Halldor. Er mußte etwas sagen. »Birgit, wer bist du?«

»Wie bitte?« fragte sie und kam vor Verblüffung aus dem Schritt.

Er ließ seine Augen auf ihr ruhen. Wieder wurde er von ihrer Schönheit geblendet. Wenn sie nicht so hager wäre und nicht ständig finster dreinblicken würde, könnte sich kein Mann ein ansehnlicheres Weib wünschen. Aber er bezweifelte, ob sie ihm jemals ein Lächeln schenken würde. »Ich schulde dir Dank«, sagte er unbeholfen. »Weißt du, Ranulf ist der einzige Sohn, der mir noch geblieben ist.«

Sie hielt ihren Blick starr geradeaus gerichtet und spottete mit unbeteiligter Stimme: »Ich habe den Eindruck, du könntest noch einige andere zeugen. Hast du keine Frau zu Hause?«

»Ja, aber wie es scheint, ist Unn unfruchtbar geworden, und außerdem –«. Er biß die Zähne zusammen. Warum sollte er sich dieser Leibeigenen offenbaren? Doch nein, sie war keine Leibeigene. Die Peitsche und der Hunger könnten sie vielleicht zu einer machen. Er hatte das schon häufig genug erlebt und wünschte es ihr nicht.

©AUSTIN-1979

Er schluckte und begann von neuem. »Ich schulde dir Dank. Ich pflege meine Schulden zu zahlen. Was willst du von mir?«

Sie blieb stehen. Langsam und zitternd drehte sie sich zu ihm um. Auch er war stehengeblieben. »Meine Freiheit«, hauchte sie.

Er nickte. »Wenn Ranulf am Leben bleibt, bist du frei. Wenn er nicht zum Krüppel wird, bekommst du obendrein noch eine Belohnung.«

»Das . . . das liegt nur . . . in Gottes Hand«, stammelte sie.

»Dann bete zu deinem Gott.« Schlau fügte Halldor hinzu: »Natürlich wird es dir nicht viel nützen, wenn du Hungers stirbst.« Er konnte sehen, wie ihr fester Vorsatz zu hungern dahinschmolz. In allem anderen, so beschloß sie insgeheim, wollte sie ihm jedoch widerstehen.

Er strich sich mit den Fingern über den Bart und überlegte laut: »Vielleicht möchte dein Gott auch einmal in seiner Kirche allein gelassen werden? Ich werde jetzt, da mein Junge woanders untergebracht ist, sowieso mein Zelt aufschlagen. Darin ist genug Platz für eine prächtige Bettstatt, und die Wände sind gut eingewachst, um euren irischen Regen abzuhalten.«

Sie verhärtete sich sofort. Er ging weiter. Sie fiel in seinen Schritt ein. »Du mußt verstehen, mir ist in erster Linie darum zu tun, daß du Ranulf bestmöglich versorgst«, begann er wieder. »Gelingt es dir nicht und er stirbt – nun, dann sollst du keinen unfreundlichen Besitzer an mir haben. Aber nehmen wir einmal den anderen Fall an: Selbst wenn . . . ein Wunder geschähe – so nennt ihr es doch? –, selbst wenn er über Nacht gesund würde, wäre es kein Segen für dich, wenn wir dich gehen ließen. Du wärest vogelfrei. Wenn du einem Landsmann begegnest, hilft er dir vielleicht, vielleicht aber auch nicht; dein Kloster steht nicht mehr, wo willst du also Zuflucht finden? Wenn wir abziehen, wird wohl kaum sofort Frieden im Land einkehren. Nein, du mußt mit Belästigungen durch Verbrecher aller Art rechnen, mit Männern, die das Unglück zum Äußersten treibt, und auch mit jenen, die deinen Gott bekriegen.«

»Ich wüßte etwas Besseres für dich, Birgit.«

Sie blickte ihn mit großen Augen an. »Wirklich? Ihr Wilden fallt hier ein, plündert alles und verschwindet wieder, damit wir aufs neue aufbauen können, was euch zu zerstören beliebte. Und du behauptest, etwas Besseres zu wissen?«

»Ich bin Wikinger nicht aus eigenem Wunsch«, meinte er. »Ich treibe schon seit vielen Jahren Handel hier im Westen. Wie sonst könnte ich deine Sprache verstehen?«

Ihre Lippen wurden dünn. »Und warum spielst du dann den Pirat?«

»Aus Pech.« Einen Moment lang wunderte er sich, wie bereitwillig er ihr seine Geschichte erzählte. »Mein Vater war ein wohlhabender Gutsbesitzer in Thrandheim. Das ist eine Gemarkung im Land Norwegen.« Deutlich stieg vor ihm die große Bucht auf, in der Inseln träumten und Boote auf den Wellen tanzten; die festgebauten Holzhäuser der Stadt Nidaros und das brodelnde Leben in ihren Gassen; die fernen Hügellinien, die weiten Wälder, die Bauernhöfe, die Heimat . . .

»Da ich sein dritter Sohn war, vererbte er mir keinen Grundbesitz«, fuhr Halldor fort. »Außerdem war ich unstet und rastlos. Ich wurde Jäger und Fallensteller und fuhr schon früh auf Schiffen in die Finnmark und nach Bjarmiland. Wir handelten mit Häuten, Walzähnen und wertvollen Pelzen. Bald gehörte ich zu einer Mannschaft, die über die See bis in die westlichen Länder vorstieß. Nach und nach wurde ich wohlhabend genug, um mir eigene Äcker zu kaufen, einen Hof aufzubauen und zu ehelichen. Ja, und dann besaß ich auch zwei Schiffe, keine schlanken Drachen, wie diese hier, sondern *knarrs* – gute, dickbauchige Kauffahrer.«

Bedächtig erzählte er weiter. »Nun, mein Vater wurde krank und lag lange Zeit auf dem Sterbebett. Mein ältester Bruder Thorstein ist ein Hitzkopf, ungeschickt als Bauer, aber oft auf Wikingerfahrt. Mein zweiter Bruder . . . ging nach Rußland, und das Schiff, mit dem er in See stach, wurde nie wieder gesehen. Das war ein schwerer Verlust, denn er hatte wertvolle Ware für den Tauschhandel dabeigehabt, die hauptsächlich von geborgtem Geld gekauft worden war. Dann bekam Thorstein Streit mit einem Nachbarn, es kam zu einer Schlägerei, und mehrere Männer wurden getötet oder schwer verletzt. Das Thing – das ist unser Gericht – befand Thorstein für schuldig. Er mußte weit mehr, als er besaß, in barem Geld zahlen, oder als Ausgestoßener und Verbrecher leben. Natürlich half ich ihm bei den Zahlungen. Aber mittlerweile hatte ich meine eigenen Mittel mehr als erschöpft. Die Mitgift, um meine beiden Töchter anständig zu verheiraten, war teuer, und dann steckte viel Geld in den Schiffen oder war verliehen, so daß ich es nicht sofort flüssigmachen konnte . . . Kurz, um meinen Hof halten zu können, war ich gezwungen, schnell Reichtümer anzusammeln. So tauschte ich einen Frachter gegen das Kriegsschiff, das du kennst, und schloß mich einer Wikingerflotte an, die nach Irland auslief.

Das war vor zwei Jahren. Ich habe jetzt genug erbeutet, oder sollte es zumindest haben, wenn wir hier fertig sind, um in meine Heimat zurückkehren zu können. Dann werde ich wieder Kaufmann sein, so wie früher schon. Diese Fahrt hat mich meinen ältesten Sohn gekostet, und vielleicht wird sie auch noch Ranulfs Leben fordern. Für wen habe ich meinen Hof gerettet, wenn er stirbt?«

Er hatte zuviel gesprochen und schwieg. Sie erreichten die südliche Spitze der Insel. Zwischen ihnen und dem Festland lag zwei Meilen breit der Fluß. Leise murmelnd floß er dahin und erglühte im aufziehenden Abendrot. Die Luft wurde langsam kühl.

Birgit bekreuzigte sich und sprach leise ein Gebet. Dann fragte sie provozierend: »Warum willst du lieber Kaufmann sein, wenn die Räuberei doch so viel lohnender ist?«

Überrascht antwortete er: »Warum? Rauben mag gut sein für einige wenige, aber für die meisten gilt das nicht. Es macht mir keinen Spaß, Menschen ins Unglück zu stürzen, die mir nichts angetan haben. Ich unternehme lieber weite Fahrten, von den Rentierhirten oben in der Finnmark bis zu den hohen Hallen Londons und Yorks – ja, auch zu euren Abteien. Ich rede gern mit Fremden und lerne von ihnen. Als Feind kann ich das nicht.«

»Wie kann ein Heide wie du mit Rechtgläubigen Handel treiben?« Ihr Ton war scharf.

»Oh, ich habe schon vor langer Zeit die kleine Taufe erhalten.«

Sie blickte ihn überrascht an. »Vorgetauft, aber noch nicht richtig getauft?«

»So ist es. Ich lasse den Wettergott Thor nicht im Stich. Der Rotbart und ich kommen gut miteinander aus.«

Sie brauste auf. »Dein Götze scheint ja sehr stolz zu sein!« Dann sagte sie in etwas milderem Tonfall: »Ich werde trotzdem dafür beten, daß dein Sohn gesundet.«

Halldor zuckte die Achseln. »Ja, auf diese Weise kannst du die Freiheit erlangen. Das ist eine Sache zwischen dir und deinem Gott.« Seine Mundwinkel kräuselten sich. »Aber vergiß nicht zu essen.«

Plötzlich durchfuhr es ihn: »Vielleicht bist du ja eine Hexe, Birgit? Ich habe dich nach deinem Leben gefragt und statt dessen meine eigene Geschichte erzählt. Sage mir nun, wer du bist, damit ich darüber nachdenken kann, was wir am besten mit dir machen.«

Sie wurde ruhiger und nickte zustimmend. Der Sonnenuntergang zauberte einen bronzenen Schimmer auf ihre Locken und tauchte die Baumwipfel jenseits des Wassers in bernsteinfarbenes Licht. Nach einer Weile hub sie sanft und bedächtig zu sprechen an:

»Mein Leben verlief nicht so aufregend wie das deine. Mein Vater heißt Conaill Mac Niall, und ihm gehört das Land, auf dem mein Kloster stand. Bevor ihr es verbranntet. Meine Mutter war eine Leibeigene, aber er behandelte uns beide gut. Sie starb bei der Geburt meines Bruders, als ich sechs Jahre alt war. Ein Jahr später war ich alt genug, um eine Erziehung zu erhalten, und so sandte mich mein Vater zur Äbtissin, meiner Tante.«

»Warum?« wunderte sich Halldor. »In Norwegen gibt man Kinder von guter Abkunft oft als Pflegekinder in niedere Familien, um sie gewisse Handwerkskünste erlernen zu lassen und um den Zusammenhalt der Familien untereinander zu stärken. Aber welcher Nutzen liegt hierin?«

»Oh, auch ich war ja von Geburt an eine Leibeigene. Mein Vater schenkte mich der Kirche, um seine Sünden abzugelten.«

Birgit blieb stehen. Ein Lachs sprang im Fluß. Plötzlich brach es aus ihr heraus: »Außerdem konnte Vaters Gemahlin meine Mutter nicht ausstehen. Nicht, daß sie etwas gegen die Bettgenossenschaft einzuwenden gehabt hätte, aber du mußt wissen,

daß meine Mutter noch vom alten Schlag war. Natürlich war sie getauft, aber heimlich opferte sie den alten Göttern, und die Festtage, die ihr heilig waren, hießen Samhain und Bealtaine, nicht Allerseelen und Mariä Himmelfahrt.«

Sie verstummte, schluckte ein paar Mal und fuhr schließlich fort: »Vater ließ sie gewähren. Ich fürchte, auch er war nicht ganz so christlich, wie er hätte sein sollen, und ich bete für seine Seele und die meiner armen Mutter. Sie war ein einfaches Mädchen aus der Moorlandschaft. Dort geistern die alten Gottheiten noch heute in den Nebeln umher.« Ihre Hand schlug hastig das Kreuz, einmal, zweimal, dreimal. »Heilige Mutter Maria, gesegnete St. Birgit, meine Namenspatronin, ich danke euch, daß ihr mich errettet habt.«

»Dann . . . machte es dir wohl Spaß, eine Nonne zu sein?« fragte Halldor leise.

»*Ja!*« stieß Birgit heftig hervor und starrte mit leeren Augen in die Ferne. »Ich sah, wie Mutter meinen Vater und seiner Frau bei Tisch aufwartete. Danach saß sie am anderen Ende der Halle, weit weg vom Ehrenplatz der Hausfrau am warmen Kamin, sie, die ihn liebte! Dann erlebte ich, wie sie vor Schmerzen schreiend im Kindbett starb. O ja, die andere Frau sorgte auch für sie, aber sie war kalt, so kalt. Vater selbst konnte nicht zu ihr gehen, das hätte sich für einen Mann nicht geschickt. Warum sollte eine Frau nach all diesen Erfahrungen den Wunsch haben, einem Mann zu dienen?«

»Aber Mann und Frau können auch ihr Leben lang die besten Kameraden sein –«. Halldor gab es auf, mühsam nach Worten zu suchen. Es war sowieso zu ungewöhnlich, was er aussprechen wollte. Konnte er im übrigen wirklich behaupten, daß Unn und er eine solche Verbundenheit jemals kennengelernt hatten? In gewisser Weise schon, aber – und Birgit war doch letzten Endes nur ein Beutestück.

Er mußte ihr aber Mut zusprechen, schon um Ranulfs willen. Doch im Hintergrund seines Kopfes zog flüchtig der Gedanke vorüber, daß er dies womöglich auch aus Eigennutz tat. »Du bist ein kluges Mädchen. Fandest du wirklich Gefallen daran, deine Tage in Armut und Gehorsam mit dem Singen von Liedern für deinen Gott zu verbringen?«

Sie fuhr herum und starrte ihn mit einem Blick an, der nicht mehr leer war sondern nur allzu beredt. »Glaubst du einfältiger Heide etwa, wir hätten nichts anderes zu tun gehabt, als zu beten? Wir waren niemals untätig – Hausarbeit, Gärtnerei, Kochen, Waschen, Brauen, Tierhaltung, Bewirtung von Reisenden, Hilfe für die Armen, Kranken und Verwundeten –, was glaubst du eigentlich, wo ich die Heilkunde erlernt habe? Womöglich beim Abschlachten von Wehrlosen, so wie du? Nein, damals konnte ich mich ungehindert und furchtlos im ganzen Pfarrbezirk bewegen, meine Person war geheiligt und dem Lehnsherrn ein ebenso willkommener Gast wie dem kleinen Bauern. Für diesen Lehnsherrn und seinen Freund, einen Kaufmann, schrieb ich Briefe oder las ihnen welche vor. Wenn ich wieder im Kloster war, studierte ich die Heilige Schrift, das Leben der Heiligen und Märtyrer, die Weisheit der Alten – wir lasen Vergil, aber wer ist schon Vergil für dich, du unwissender Barbar? Und als die Äbtissin immer älter und gebrechlicher wurde, unterstützte ich, ihre Nichte, sie mehr und mehr bei der Leitung unserer Schwesternschaft.« Halldor dachte flüchtig, daß die Führung des Klosters, welches etwas kleiner als die hiesige Mönchssiedlung gewesen war, in etwa dieselben Anforderungen gestellt haben mußte, wie der Haushalt an seine Gemahlin Unn, vielleicht etwas weniger. Andererseits gab es zu Hause keine Priester, keine Bischöfe, nicht das ferne Rom und das Gewicht einer vielhundertjährigen Tradition . . .

»Und dann kamt ihr, ihr Mörder, ihr Banditen, ihr Wölfe!« schrie Birgit hysterisch. »Alle habt ihr umgebracht außer mir; warum ließest du mich nicht in den Wald entkommen und dort zugrunde gehen, mein Gott? Ihr habt geraubt, gebrandschatzt und gemordet – oh, die Hölle wird euch verschlingen!« Sie schüttelte ihre geballten Fäuste gen Himmel. »Heiliger Senan, du hast das Seeungeheuer von dieser Insel vertrieben.« Ihre Zähne schimmerten weiß in dem weitgeöffneten Mund. »Ruf es nun zurück gegen diese Ungeheuer, diese Scheusale!«

Halldor erkannte, daß sie sich bisher allzusehr im Zaum gehalten hatte. Nun waren die Zügel gerissen. Er konnte ihr keinen Vorwurf daraus machen. Eine Norwegerin mit ihrem Temperament hätte grausame Rache genommen und sich dann getötet wie Gudrun oder Brünnhild – aber Birgit war Christin, und dieser Ausweg stand ihr nicht offen. Er mußte jedenfalls verhindern, daß sie einen Nervenzusammenbruch bekam. Ranulf brauchte sie.

Er ohrfeigte sie rechts, links, rechts, links. Die Schläge klatschten laut. Ihr Kopf zuckte vor und zurück. Abrupt hielt sie in ihrem Geschrei inne und starrte ihn aus riesigen Augen an. »Das reicht«, sagte er. »Später können wir uns weiter unterhalten. Aber laß uns nun zurückgehen.«

Mit dumpfem Gesichtsausdruck trottete sie hinter ihm her. Die Abendröte war mittlerweile verblaßt.

Wie er erwartet hatte, erholte sie sich im Lager schnell von ihrem Anfall. Sie ließ sogar durch ihn einige Anweisungen an drei Freunde Ranulfs weiterleiten, die in der Nacht für den verletzten jungen Mann zu sorgen hatten. »Sollte irgend etwas Unvorhergesehenes eintreten, könnt ihr sie in meinem Zelt finden«, sagte Halldor zu ihnen.

Einer der Kerle grinste zweideutig. »Und was sie sonst noch so braucht . . . kann ich da vielleicht aushelfen?«

Halldor schoß vor Ärger das Blut ins Gesicht. »Nein. Ihr habt ihr mit Respekt zu begegnen.« Keiner wagte weitere Andeutungen, zumindest nicht, bevor er gegangen war.

Das Zelt war zwischen vier Pfählen, deren Enden geschnitzte Rabenköpfe zierten, und einer mittleren Verstrebung ausgespannt und an seinem Scheitelpunkt hoch genug, daß ein Mann aufrecht darin stehen konnte. In seinem Innern roch es intensiv und anheimelnd nach Leder, Rauch und Schmierfett. Das blakende Licht einer Öllampe warf unruhig flackernde Schatten auf die Zeltwände. Die zusammengenagelte Bettstatt war mit Bärenfellen bedeckt; diese waren zwar schwerer als Strohkissen oder Wolldecken, aber für lange Reisen weitaus besser geeignet.

Halldor schaute Birgit lange an. Sie erwiderte seinen Blick.

»Wenn du Ranulf heilst«, sagte er endlich, »bringe ich dich heim zu deinem Vater und sorge dafür, daß die Nordmänner mit ihm ein Bündnis schließen, so daß er sich nicht länger zu fürchten braucht.«

»Das wäre wundervoll«, murmelte sie leise.

Wie kräftig und schön sie dastand, dachte er, und in einer Aufwallung, die ihn selbst überraschte, fügte er hinzu: »Solltest du ein Kind bekommen, werde ich für es sorgen, falls sich sonst niemand findet.« Sie lächelte ihm nicht zu, aber ein leichtes Zittern durchlief sie bei seinen Worten. »Du könntest dich nicht dazu entschließen, mich . . . alleine zu lassen, bis ich frei bin?«

»Nein«, antwortete er, denn es war ihm unmöglich, etwas anderes zu sagen. »Du gefällst mir zu sehr. Aber ich will versuchen, gut zu dir zu sein, Birgit.« Sie wandte ihr Gesicht ab, was ihn schmerzte. Trotzdem ging er zu ihr.

©AUSTIN-1979

VI

Graues Zwielicht lagerte über dem Shannon. Bald würden die Mannschaften zurückkehren. Birgit hockte auf der Schwelle zu Ranulfs Zimmer und genoß die letzten Augenblicke ihrer Einsamkeit. Jenseits der Felder stieg schwärzlicher Rauch von den Ruinen eines zerstörten Dorfes auf. Tagelang hatten die Wikinger nun schon das Land verwüstet, und es waren nur noch wenige Bewohner zurückgeblieben. Wenn es jemand wagte, Widerstand zu leisten, wurde er niedergemacht. *Wirf diese Verbrecher in den finstersten Höllenschlund, Herr.* Flußaufwärts konnte sie in einiger Entfernung die Langschiffe der Nordmänner ausmachen. Sie ging wieder hinein.

Trotz all ihrer Bemühungen war die Hütte klamm und feucht geblieben, und der Krankenzimmergeruch überlagerte den Duft des Strohs und der Kräuter. Ranulf lag ruhig auf seinem sauberen Bett. Seine Augen wirkten ausdruckslos.

»Sie kommen«, sagte Birgit in den paar norwegischen Worten, die sie erlernt hatte. Am Ufer schürften Schiffsrümpfe über Kieselsteine, kräftige Stimmen lachten und scherzten. Ranulf wendete seinen Kopf ab. »Töten und Plündern ist nicht alles auf dieser Welt«, sagte Birgit. Er erwiderte nichts.

Sobald der *Seebär* gelandet war, hastete Halldor zur Hütte. Nachdenklich ließ er seinen Blick auf seinem Sohn ruhen. Der Feuerschein vergoldete das Haar und den feinen Bartflaum des jungen Mannes. In dieser Beleuchtung und mit den geschlossenen Augen wirkte er wie ein Kind. Halldors Kleidung roch nach Rauch, und seine Stiefel starrten vor Schmutz. Einen Augenblick stand er schweigend da. »Wird er wieder gesund?«

Birgit nickte. *Sein Körper jedenfalls.* »Heute hat er die Finger der rechten Hand bewegt. Die Kraft kehrt zurück.«

Halldors Schultern senkten sich. Sie sah, wie müde und abgespannt er war. »Du hast gute Arbeit geleistet, Frau.« Er langte in seine Tasche und zog einen glänzenden Gegenstand heraus. »Nimm ein Geschenk von mir an.«

Sie griff zu, bevor sie erkannt hatte, was es war. Ein goldenes Halsband! Sie ließ es fallen, als habe sie sich verbrannt. »Ihr habt einen Feenhügel geplündert!« Heftig wischte sie sich die Hand am Rock ab. »Dieses Gold gehört den Alten, den Sidhe, es ist fluchbeladen!«

»Es war nur ein Grab, auf das man einen Haufen Steine geschichtet hatte«, beschwichtigte sie Halldor, »und kein Geist hat uns Schwierigkeiten gemacht. Es gibt auch bei uns zu Hause solche Gräber, wenn ich mich auch nicht an den Totengaben eines Landsmanns vergreifen würde. Nimm, du hast es verdient!«

Birgit wich zurück. »Nein. Darauf ruht der Fluch der alten Gottheiten; ich wage nicht, es zu berühren. Das bringt Tod und Verderben!«

Er zuckte die Achseln. »Ihr Christen seid sonderbar. Wenn euer Gott allmächtig ist, wie ihr glaubt, warum habt ihr dann Angst vor den alten Geistern?« Er hob das Halsband auf und ließ es wieder in seine Tasche gleiten. »Ich wollte dich nicht ängstigen. Meine Frau Unn wird es voller Stolz tragen.«

Birgit gelang es, ihr Grauen so weit zu unterdrücken, daß sie nachdenken konnte. *Er wollte mir einen Gefallen erweisen.* Sie hob den Kopf. »Wenn du mich wirklich belohnen willst, Halldor . . .«

Er lächelte. »Du möchtest freigelassen werden. Ich habe es dir versprochen, wenn mein Sohn nicht länger deiner Pflege bedarf. Und wenn du mich wieder anflehen willst, dich nicht zu berühren, bedenke, daß ich ein Mann bin.«

»Nein, ich wollte dich um etwas anderes bitten.« Birgit zögerte. »Die Mönche hier besaßen Bücher – viel mehr, als sich in meinem Kloster befanden.« *Bevor du und deine Mordgesellen es angezündet habt.* Sie zwang die Worte zurück. »Ranulf geht es jetzt schon etwas besser, und er kann für längere Zeit alleingelassen werden. Würdest du mir erlauben, daß ich mich manchmal zurückziehe, um diese Bücher in Ruhe anzusehen?

Einer deiner Leute sagte, sie seien auf dein Geheiß vor den Flammen verschont worden.«

Halldor nickte. »Wenn Ranulf versorgt ist, kannst du gehen.«

Birgit neigte den Kopf und murmelte einen Dank. *Der ungebildete Heide*! Immerhin hatte er die Bücher gerettet.

Die Hand, mit der sie das Halsband berührt hatte, kam ihr besudelt vor. Sie schlüpfte aus der Tür.

Frostiger Wind fegte über die Insel und brachte die Gerüche des Vorfrühlings mit sich. Einige wenige Sterne erglänzten am Firmament, über das die Wolken schnell dahinzogen, aber die meisten Himmelslampen waren gelöscht. Unsichtbar gluckste der Fluß in der Dunkelheit.

Birgit suchte die Quelle des Heiligen Senan auf. Die Wikinger kannten sie nicht, und so war sie der einzige Ort auf der Insel, der nicht entweiht worden war. Aus einem flachen, moosigen Wasserlauf tröpfelte das Naß in ein winziges felsumsäumtes Becken. Immer noch hatte sie das Gefühl, etwas Totes und Unreines berührt zu haben, obwohl sie schon viele Leichen gewaschen hatte, ohne mit der Wimper zu zucken.

Birgit kniete nieder und hielt beide Hände in das Wasser. Auf einmal vermeinte sie ein Flüstern und Wispern im Wind zu vernehmen und schrak zusammen. *Heiliger Senan, beschütze mich vor denen, die durch die Dunkelheit reiten. Und Birgit, meine Schutzpatronin, erlöse mich aus meiner Knechtschaft*. Aber die Geräusche der Nacht wollten nicht verstummen.

Der Rückweg zum Lager war lang, und um sie her raschelte es in der Düsternis. Halldors Zeltlampe warf einen warmen, gelben Schein. Sie kroch hinein. Er fragte nicht, wo sie gewesen war.

Nachdem er sie genommen hatte, lag sie nicht wie sonst wach und starrte in die Schwärze, sondern sie fiel in einen wirren Traum. In einer anderen, freundlicheren Welt nannte sie eine große Frau »mein Kind, meine Namensschwester«. Aber diese Frau war in ein seidenes Gewand und einen grünen Mantel gehüllt und hatte milchweiße Augen. Sie trug kein Kreuz, und ihr goldenes Haar war nicht zusammengebunden.

»Ich bin Birgit, und ich habe deine Bitte vernommen.« Sie streckte eine Hand aus, und die sterbliche Birgit erwachte schweißüberströmt. Noch lange lag sie ohne Schlaf und hörte auf Halldors regelmäßige Atemzüge und das Trommeln des Regens auf dem straffgespannten Zeltdach. Ihre rechte Hand war eiskalt. Das war keine Heilige gewesen. Aber wer hatte dann auf ihre Rufe geantwortet?

Naß und grau kam die Morgendämmerung herauf. Der Wind peitschte die Wellen gegen den steinigen Strand. Obwohl die Jahreszeit fortgeschritten war, hätte man meinen können, es herrsche noch tiefster Winter.

»Heute machen wir keine Fahrt«, bestimmte Halldor, der den Himmel prüfend musterte. »Die Wolken dort drüben gefallen mir nicht.« Er deutete auf eine finstere Zusammenballung im Westen. »Wir haben in letzter Zeit genug geschuftet; ein Mann braucht auch ab und zu Erholung.« Lächelnd schloß er wieder die Zeltklappe.

Birgit zog sich schnell an und ging, um nach Ranulf zu sehen. Sie mußte unbedingt einen Zufluchtsort finden . . .

Der Patient sah bleich aus im trüben Lichtschein. In der Hütte war es kälter als gewöhnlich. Birgit fachte das Feuer an, fütterte und wusch ihn, wechselte das Bettzeug. Sie beeilte sich mit ihren morgendlichen Pflichten, denn sie konnte es kaum erwarten, in die Schreibstube zu gelangen.

Um Zeit zu sparen, kaute sie eine trockene Brotrinde. Sie lehnte es ab, mit den Wikingern zu essen, und obwohl ihr Halldor reichlich Speisen bringen ließ, nahm sie nur so viel, wie gerade zum Überleben nötig war. Als sie die Kruste mit Bier hinuntergespült hatte, erschien Halldor in der Tür.

»Dein Sohn ist für eine Weile versorgt, die Übungen sind beendet. Vielleicht möchte er einmal etwas mit dir zusammen sein. Wenn du keine Verwendung mehr für mich hast« – *Bitte, lieber Gott, mach, daß er keine hat!* –, »werde ich jetzt zu den Büchern gehen.«

Halldor nickte. Seine Augen ruhten auf dem Sohn. Ranulf versuchte, sich aufzurichten, fiel aber wieder zurück. Bevor sie

nach draußen eilte, sah Birgit noch, wie Halldor nachdenklich die Stirn runzelte.

Der Regen fiel jetzt noch dichter. Sie hoffte, daß die Hütte wasserdicht war. Bücher konnten so leicht zerstört werden. Sie näherte sich dem kleinen Lehmbau und stieß die Weidentür auf.

Der Innenraum war dunkel. Zwei Bronzelampen hingen an Ketten herab, und sie fand auch ein Ölkännchen, um sie zu füllen, aber zum Anzünden mußte sie Feuer holen. Nein – zu Ranulfs Hütte würde sie nicht zurückgehen! Allzu begierig war sie gewesen, möglichst schnell von dort wegzukommen. Außerdem war Halldor da. Statt dessen ging sie zur großen Kochstelle mitten im Lager. In einem nahe gelegenen Unterstand saßen mehrere Männer müßig beim Gespräch zusammen. Als sich Birgit näherte, wagte es zwar keiner, sie anzusprechen, aber ein Freund Ranulfs flüsterte etwas und wurde mit unterdrücktem Gelächter belohnt.

Flammende Röte ergoß sich über ihre Wangen. Hoch erhobenen Hauptes schritt sie davon.

Nachdem sie die rauchenden Dochte in Ordnung gebracht hatte, erkannte sie in ihrem Lichtschein, daß der lehmgestampfte Fußboden trocken war und daß die Ledertaschen, die gut eingefettet an ihrem Bord hingen, keine Anzeichen von Schimmel oder anderen Beschädigungen aufwiesen. Alles war an seiner Stelle, von sorgsamen Händen gut gepflegt. Dann fiel ihr ein, daß die Mönche die Bände bestimmt in den Turm geschafft hatten, um sie zu schützen; wieso waren sie dann aber wieder hier? Schaudernd vermeinte sie, Geisterhände aus flachen Gräbern greifen und gespenstische Füße eine blutbefleckte Leiter emporklimmen zu sehen, um die geliebten Bücher zurückzuholen. Beinahe wäre sie fortgerannt. *In der Nacht ist es passiert, nach dem Gemetzel, im Nebel, während ich einem Heiden das Leben rettete.* – Aber dann erinnerte sie sich der Weisungen, die Halldor erteilt hatte, und langte nach den Taschen. Sie waren schwer vom Gewicht der Manuskripte.

Halldor muß nicht zum ersten Mal eine Bücherkammer geplündert

haben, dachte sie zürnend, *sonst hätte er nicht wissen können, wie die Schriftstücke aufbewahrt werden*. Sie nahm eine Tasche vom Haken.

Das Leder war reich verziert. Sie strich mit der Hand über das verschlungene Ornament. Es war viel kunstvoller als auf der schlichten Mappe, die ihr Kloster besaß – *besessen hatte*. Die Mönche hier nannten sechs Bücher ihr eigen! Sie schlug das auf, welches sie gerade in der Hand hielt. Es enthielt die Evangelien des Lukas und des Johannes. Sie tat es wieder zurück. Im nächsten waren die Evangelien des Matthäus und Markus. Sie fand auch eine Abschrift der Psalmen, eine Lebensbeschreibung von St. Brendan, dem Seefahrer, der den Shannon hinabgesegelt war, um sich über das offene Meer zu wagen; schließlich noch das Leben und die Regeln des Heiligen

Senan. Letztere betrachtete sie voller Scheu. Sie wußte, daß Senan für Frauen nur spärliche Verwendung gefunden hatte. Was hätte er erst über eine Frau in seinem eigenen Kloster gesagt!

Ihre Finger langten nach der letzten Tasche. Diese schien seltener benutzt worden zu sein als die anderen, denn ihr Leder war noch nicht so geschmeidig. Sie zog ein dünnes, sparsam illustriertes Manuskript hervor. Was mochte das wohl sein? Stirnrunzelnd studierte sie die kleine Schrift.

Hippokrates der Arzt! Und für einen Heiden legst du Gottes Wort ungelesen zur Seite? Ihr war, als vernehme sie die Stimme der alten Äbtissin. Unsinn! *Er konnte nichts dafür, daß er vor Christus geboren worden war und keine Möglichkeit gehabt hatte, die Wahrheit zu vernehmen. Vielleicht würde der Herrgott ihn eines Tages in den Stand eines Heiligen erheben. Er war ein guter Mann gewesen.*

Sie rückte näher an die Hängelampe heran, wobei sie peinlich darauf achtete, daß keine Öltropfen auf die Seiten fallen konnten. Dann flüsterte sie einen Dank, daß dies eine lateinische Übersetzung war, denn ihre Griechischkenntnisse waren sehr gering.

Die Tür öffnete sich quietschend, und sie sprang erschreckt auf. Halldor war hereingekommen und blickte sich forschend um. »Ist hier alles so, wie es sein sollte?«

»Die Bücher sind unversehrt.« Birgit drückte den Band fest an sich. Er besaß keinen Goldschnitt, nur wenige Illustrationen und hatte einen schlichten Deckel, der nicht mit Edelsteinen verziert war. Hoffentlich würde Halldor kein Interesse an ihm bekunden.

»Den Männern haben meine Befehle gar nicht gefallen«, sagte er jetzt, »aber ich weiß seit langem, daß ein Buch einen großen Schatz darstellen kann. Was hast du denn da?« Birgit reichte ihm den Band; wenigstens waren seine Hände sauber.

»Eine Sammlung von Schriften des Hippokrates. Er war ein griechischer Arzt und lebte lange vor Christi Geburt.«

»Und trotzdem wandern seine Worte noch Jahrhunderte nach seinem Tod in ferne Länder?« Halldor blickte nachdenklich drein. »Ich bin niemals nach Griechenland gesegelt, aber ich habe mit Männern getrunken, die dort waren. Helles Son-

nenlicht, winzige Inseln, die träumend im blauen Meer liegen – tja, die Welt ist groß.« Er betrachtete die aufgeschlagene Seite. »Diese Zeichen enthalten seine Gedanken, so lange, nachdem er gestorben und erkaltet ist.« Er lächelte und reichte ihr das Buch zurück. »Und was hat der große Mann zu sagen, was von solcher Wichtigkeit wäre?«

Birgit blätterte einige Seiten durch. »Hier steht beispielsweise etwas, das man auf die Behandlung deines Sohnes anwenden kann. *Schwere Krankheiten erfordern schwere Mittel.* Obwohl ich glaube, daß Hippokrates anders als ich vorgegangen wäre. Er arbeitete hauptsächlich mit Kräutern. Ich habe jedoch schon allzu oft erlebt, wie Kräuter nicht wirkten.«

Sie blickte zu Halldors wettergegerbtem Gesicht auf, das von Haaren und Bart eingerahmt wurde, in denen sich bereits erste graue Strähnen zeigten, und sagte hinterhältig: »Hier, etwas anderes: *Alte Menschen haben zwar weniger Krankheiten als die jungen, aber ihre Krankheiten weichen nie mehr von ihnen.*«

Halldor knetete seine Finger. Sein Mund verzog sich. »Das stimmt«, sagte er. »Ich leide weder unter Fieber noch unter dem zehrenden Husten, doch von Jahr zu Jahr knacken diese Hände mehr, wenn sie feuchte Taue verknoten oder in eisigem Nebel das Steuerrad führen müssen.« Er kniff ein Auge zu. »Ah, die ersten Anzeichen des Alters!«

Birgit errötete und schloß das Buch.

Halldor lächelte. »Nun, was hast du sonst noch hier?« Er wies auf die übrigen Taschen.

Birgit antwortete hastig: »Evangelien, eine Lebensbeschreibung von St. Brendan, dem Seefahrer, und eine andere von St. Senan, dem Gründer des Klosters, der einst ein Ungeheuer von dieser Insel vertrieb.«

Halldor schmunzelte. »Ein Ungeheuer hat er vertrieben? Wie gut für uns!«

Wenn es doch käme und dich von hier fortjagte!

»Dieser Brendan war auch ein Seemann?«

»Brendan segelte mit einer Besatzung aus Mönchen nach Westen, um Tir na n'Og zu suchen.«

»Und hat er es gefunden? Hat er reiche Beute gemacht?«

»Du Heide! Du Barbar! Er wollte dorthin, um das Wort Gottes

zu lehren!« Birgit sank auf ihren Stuhl. Nach diesem Ausbruch würde Halldor sicher die Bücher verbrennen lassen . . .

Aber er schien nicht verärgert zu sein. »Wie langweilig, mit Mönchen eine Reise zu unternehmen. Fisch, bitteres Bier und Gebete. Fand er das Land, nach welchem er suchte?«

»Allerdings«, stieß Birgit hervor, »und er brachte Früchte und Juwelen von den gutherzigen Menschen mit, die dort leben.«

»Sieh an.« Halldors Blick schien in weite Ferne zu schauen. »Er entdeckte also Land im Westen.« Wieder knetete er seine Finger. Ein bitteres Lächeln glitt über seine Züge. »Zu spät für mich, dorthin zu gehen. Vielleicht wird mein Sohn eines Tages . . .? Ich glaube, du solltest wieder einmal nach ihm sehen.« Wortlos löschte Birgit die Lampen und verließ die Schreibstube.

In seinem Krankenzimmer starrte Ranulf zu dem Strohdach empor. Er sprach zu Halldor, der übersetzte: »Er möchte nicht wie ein Kind hochgehoben werden, um essen und trinken zu können.«

»Wenn Klagen ein Anzeichen für Genesung sind, muß es ihm allerdings schon wesentlich bessergehen«, gab Birgit zurück.

»Aber ohne Hilfe kann er sich nicht aufsetzen, und wenn ich ihm eine Stütze unterschiebe, fällt er nach rechts herunter. Er lernt langsam, mit der linken Hand zu essen.«

Während sie sprach, prüfte sie das Bettzeug. Es muß wieder gewechselt werden, und bei diesem Wetter würden die Tücher niemals trocknen. Halldor stand eine Weile schweigend dabei, dann ging er aus der Hütte. Kurz darauf vernahm sie das Geräusch einer Säge und das Klopfen von Hämmern.

Sie wusch die Laken am Ufer und eilte danach in der Dämmerung zurück zur Schreibstube. Vielleicht konnte sie ein Stündchen ganz für sich alleine haben. Wenn sie lange ausblieb, würde Halldor bei ihrer Rückkehr womöglich schon schlafen.

Diesmal griff sie bußfertig nach einem Evangelium. Sie war in ihren religiösen Pflichten nachlässig geworden. Pflichten, ja! Aber wann hatte sie schließlich schon Zeit dazu? Sie beugte sich über die Schrift und vertiefte sich andächtig in die geheiligten Worte.

Sie hatte mehrere Kapitel im Johannesevangelium gelesen, als plötzlich ein kalter Luftzug die Seiten umblätterte und die Lampen auslöschte. Sie blickte auf. Eine breitschultrige Gestalt füllte den Rahmen aus. Erschreckt zuckte sie zusammen, aber dann erkannte sie, daß es Halldor sein mußte.

»Es ist schon spät, und im Morgengrauen wird der Sturm abflauen, dann muß ich früh heraus«, sagte er. »Am besten gehen wir jetzt zu Bett.«

Wortlos schob Birgit das Buch in die Tasche zurück und folgte ihm.

Als sie im warmen Lichtschein im Inneren des behaglichen Zeltes stand, versuchte sie, Zeit zu gewinnen. »Du erzähltest mir doch, du habest die nördlichen Gewässer befahren und

Dinge geschaut, die denen ähneln, welche Brendan beschrieben hat?«

Halldor saß auf dem Bett und zog seine Stiefel aus. »Ganz richtig. Sieh dir dieses Leder an.« Er reichte ihr einen Stiefel, damit sie ihn genau betrachten könne. Wieder verlor sich sein Blick in der Ferne. »Eines Tages fahre ich vielleicht noch einmal dorthin. Es war in meiner ersten Zeit als Händler, daß ich nach Norden segelte.« Plötzlich mußte er grinsen. »Das Land ist kalt dort oben, aber nicht seine Frauen! Ah, wenn ich an jenen Herbst denke, als die Rentiere zusammengetrieben wurden und ich bei den Samak zu Gast war!«

Birgit krümmte sich bei diesen Worten. Aber konnte es sie überraschen, daß Halldor viele Frauen besessen hatte und sich ihrer mit Vergnügen erinnerte? Schließlich hatte er ja auch eine Gemahlin, die ihm eheliche Kinder geboren hatte.

Halldor stellte seine Stiefel auf den Boden und begann sich zu entkleiden. »Das waren schöne Zeiten. Aber wir leben hier und jetzt.« Birgit saß neben ihm. Ob er irgendeiner zukünftigen Geliebten wohl von ihr erzählen würde? Bis dahin wäre sie vielleicht schon längst tot. Sie fing an zu frösteln. Halldor zog sie an sich, und sie überließ sich widerstandslos seiner Wärme.

Halldor hatte sich nicht getäuscht: Der Morgen war klar und wunderschön. Birgit erwachte allein. Sie wußte, daß die Mannschaften bereits auf Raub ausgezogen waren, um auch noch die allerletzten Güter in diesem Landstrich an sich zu bringen. Sie räkelte sich faul auf den Bärenfellen und mußte niesen. Davon wurde sie vollends wach. Sie setzte sich auf, verspürte aber ein Schwindelgefühl. Zweifellos ein Schwächeanfall wegen unzureichender Ernährung; aber wieso erschien ihr schon der bloße Gedanken an Essen so abstoßend?

Sie hatte unbekleidet geschlafen. Nun musterte sie ihren nackten Körper, der sich weiß von den Fellen abhob. Ihre Brüste schienen angeschwollen und waren von blauen Adern durchzogen – dabei war sie doch immer schlank gewesen. *Es darf einfach nicht sein!* Sie hatte die Blutung herbeigewünscht, in der Hoffnung, daß sie Halldor fernhalten würde, aber sie war nicht gekommen. *Ach, ich mache mir bestimmt grundlos Sorgen.* Sie zog die Decke von den Beinen und langte nach ihren Kleidern. Ihr Mund fühlte sich trocken an, und sie mußte schlucken. Sie holte tief Atem. Nun war es schon etwas besser. Sie wagte ein dünnes Lächeln. Erzählte die Legende nicht, daß der Heilige Senan jede Frau, die seine Insel betrat, mit Unfruchtbarkeit strafte?

Am liebsten hätte sie sich wieder unter den Fellen verkrochen und weitergeschlafen, aber die Pflicht rief. Sie zog ihr Unterhemd über den Kopf.

So hilflos und elend er war, lächelte Ranulf sie heute doch freundlich an. Er sprach langsam und auf gälisch, das er zu erlernen versuchte. »Mein Vater hat mir ein Geschenk ge-

macht.« Er winkte einem seiner Wärter und befahl ihm etwas auf norwegisch. Der Mann setzte ihn auf und schob ihm ein Brett, das mit Schaffell überzogen war, in den Rücken. Birgit bewunderte die Arbeit: Die Rückenlehne war eine dreieckige Holzverstrebung, deren kunstvoll ineinandergreifende Teile von Lederschlaufen zusammengehalten wurden. Rechts war eine Armstütze angebracht. Birgit blickte näher hin und erkannte das heidnische Zeichen des Hammers, das in das Brett eingeschnitzt war.

»Das hat mein Vater für mich angefertigt«, erklärte Ranulf stolz. Er lehnte sich bequem zurück, ohne zur Seite zu fallen.

Also so hat er den regnerischen Tag gestern verbracht. Sie brachte Ranulf das Essen. Er speiste mit gutem Appetit.

Nachdem er versorgt war, verließ Birgit die Hütte. Eigentlich hatte sie wieder die Schreibstube aufsuchen wollen, schlug dann aber den Weg, der zur heiligen Quelle führte, ein.

Sie fühlte sich viel besser als beim Aufstehen. Unter ihren Füßen sproß frisches Grün. Bei Tageslicht hatte der kleine Teich nichts Düsteres oder Bedrohliches mehr an sich. Er spiegelte den Himmel und war so flach, daß sie den Grund fühlen konnte, ohne ihre Ellenbogen zu benetzen. Das Moos duftete, und das Wasser plätscherte fröhlich in das Becken.

Sie schöpfte etwas von dem Naß und befeuchtete ihr Gesicht. »Heilige Birgit, meine Schutzpatronin, steh mir bei. Ich wollte als Jungfrau leben und sterben. Bitte, laß mich kein Kind bekommen.« Sie schloß die Augen, um zu beten, aber Bilder stiegen in ihr auf und bedrängten sie.

> Ein spärlich beleuchtetes Zimmer. Eine Frau krümmte sich auf blutbeschmiertem Stroh. Ihr Haar war feucht und strähnig und ihr Gesicht grau. Sie biß sich auf die Lippen, um nicht vor Schmerz zu schreien.
>
> Der stechende Geruch verbrannter Kräuter lag in der Luft. Eine dunkle Gestalt hob den Kopf der Frau und flößte ihr etwas zu trinken ein, aber sie würgte und spie es wieder aus. Ihr Atem ging kurz und stoßweise.
>
> Die dunkle Gestalt sprach. »Die Geburt ist fehlgeschlagen. Conaill wird seine Lieblingssklavin beweinen müssen. Was in meiner Kraft stand, habe ich getan. Schade, sie diente uns gut.«

Birgit schluchzte. Sie hatte ihr Leben nach ihren Wünschen gestaltet, aber was hatte es ihr genützt? *Habe ich Gott aus Furcht oder aus Liebe erwählt?*

»Hier in der Gegend ist nicht mehr viel zu holen«, bemerkte Halldor. Es dunkelte bereits, und sie waren den ganzen Tag unterwegs gewesen. Er setzte seine Eßschüssel ab.

»Einfach großartig, mit welcher Geschwindigkeit ihr geraubt und wie gründlich ihr die Menschen aus ihren Heimen vertrieben habt«, höhnte Birgit. Auf die Stelle des Bettes, wo sie saß, fiel ein Schatten.

Halldor hatte sich erhoben und stand groß und bedrohlich

vor ihr. Er roch nach Rauch. »Wenn dein Volk nicht stark genug ist, um sich zu verteidigen, muß es sein Schicksal ertragen.«

Sie befürchtete, daß er sie schlagen würde. Es war ihr gleichgültig. Aber er trat zurück.

»Das weißt du doch auch. Aber ich möchte dich heute abend nicht schlagen. Was bedrückt dich?«

Wenn ich es ihm nicht sage, geht es vielleicht wieder weg. »Ich habe keine Möglichkeit, zu beichten oder eine Messe zu besuchen. Die Kapelle ist entweiht, die Mönche und Priester sind tot, und du hältst mich auf dieser Insel als deine Leibeigene gefangen.« Sie blickte ihn eindringlich an. »Ich habe gut für deinen Sohn gesorgt, obwohl ich nicht dazu verpflichtet war. Aber um meine eigenen Bedürfnisse kümmerst du dich überhaupt nicht!«

Halldor runzelte die Stirn. »Was kann ich für dich tun?«

»Das weißt du genau. Laß mich in Ruhe!« Mühsam unterdrückte sie die Tränen.

Er blickte ihr forschend ins Gesicht. »Nun gut. Bei Tagesanbruch setzen wir Segel und werden einige Tage fortbleiben. Du darfst mit Ranulf und zwei anderen Verletzten hier auf der Insel bleiben.« Sie zog sich in eine Ecke zurück. Er setzte sich aufs Bett und zog die Stiefel aus. Dann sah er sie überrascht an. »Du brauchst nicht auf dem Boden zu schlafen. Ich habe dir doch gesagt, daß ich dich heute nacht nicht anrühren werde.«

Sie zögerte, doch als er eingeschlafen war, kroch sie zu ihm unter die Decke.

Birgit wurde von Vogelgezwitscher und den rauhen Rufen der Männer geweckt, die bereits am frühen Morgen auf waren und ihre Drachenboote in tiefes Wasser zogen. Sie schmiegte sich in die Felle. Bald würde man sie vertreiben, damit Halldor sein Zelt mitnehmen könnte.

Doch als sie wieder erwachte, war alles ruhig. Halldor hatte offenbar nicht nur seinen Sohn sondern auch seine Schlafstätte ihrer Obhut überlassen. Sie erhob sich, kämpfte gegen eine aufsteigende Übelkeit an und schlüpfte in ihre Kleidung.

Der Wind pfiff über die verödete Insel. Wo die Wikingerschiffe in der Bucht geankert hatten, dehnte sich nun der glatte Wasserspiegel, und wo sich die Zelte dichtgedrängt auf dem Grün erhoben hatten, lagen nur noch einige Pfähle und Abfälle herum. Das große Lagerfeuer war zu einem Haufen rauchender Holzkohle zusammengesunken. Birgit drehte sich um und wagte zum ersten Mal seit Tagen, einen Blick auf den Rundturm zu werfen.

Da stand er, als sei nichts geschehen. Sie hatten ihn also nicht angezündet, um ihn in einen riesigen Kamin zu verwandeln. Natürlich nicht, die Bücher waren ja gerettet worden! Aber in ihren Ohren gellten die Schreie der niedergemetzelten Mönche. Nun überspülte der Fluß bei Hochwasser ihre ungeweihten Gräber.

Durch den Morgennebel wanderte sie zur Hütte, in der Ranulf mit seinen beiden Wärtern lag. Deren schlaftrunkene Gesichter sagten ihr, daß sie bis tief in die Nacht hinein gezecht haben mußten.

Nun war sie also mit den dreien alleine. Ranulf stellte kein Problem dar, aber die beiden anderen gehörten zu seiner Bande. Zusammen mit ihm hatten sie sie unzählige Male in den Schmutz gestoßen und sich mit ihr vergnügt. Während sie kaum Norwegisch verstand, sprachen die Wärter nur einige Worte Gälisch.

Immerhin hatte sie bereits genug aufgeschnappt, um sich verständlich zu machen. Sie trat in die Hütte und deutete auf einen Eimer. »Wasser«, sagte sie, »und Feuerholz.«

Einer der Männer wollte aufbrausen, fügte sich dann aber ihrer Anweisung. Der andere blieb mürrisch in der Ecke hok-

ken. *Sie fürchten also Halldor*. Sie verspürte einen Anflug von Dankbarkeit und begann dann mit Ranulf die gymnastischen Übungen. Vielleicht reichte ihr geringer Wortschatz aus, um ihm etwas über Christus zu erzählen.

Die Tage vergingen, und immer noch wußte Birgit nicht, ob sie ein Kind bekommen würde oder nicht. Mehr denn je machte ihr der feuchte Morgennebel zu schaffen. Sie unterhielt sich stundenlang mit Ranulf und versuchte, ihm den christlichen Glauben nahezubringen. War sie nicht bei ihm, so saß sie in der Schreibstube, bis es spät abends Zeit war, in Halldors leerem Zelt schlafen zu gehen.

Die beiden Kumpane Ranulfs waren unfreundlich, belästigten sie aber nicht. Ranulf konnte nun schon den rechten Arm heben, die Zehen des rechten Fußes krümmen und allein mit der Rückenlehne zurechtkommen. *Halldor hat sie für seinen Sohn gemacht,* dachte Birgit und strich mit ihrer Hand über den eingeritzten Hammer. *Ich bezweifle, ob Conaill auch nur eine Puppe für mich geschnitzt hätte.*

Das Bettzeug war wieder schmutzig und mußte gewaschen werden. Auf ihrem Weg zum Flußufer blickte sie zu der verlassenen Kapelle hinüber. Seit Ranulf umgezogen war, hatte sie sie nicht mehr betreten. Sie legte die Bettlaken ins flache Wasser, beschwerte sie mit einigen Steinen und schritt davon.

In der Kapelle war es feucht und modrig. Pilze sprossen aus dem Boden, der lange nicht mehr betreten worden war. Aber immer noch hing das schwarze Holzkreuz, welches den Weißen Christus trug, über dem Altar. Birgit kniete nieder, dann ergriff sie das Kruzifix und nahm es mit sich. Ranulf machte keine Bemerkung, als sie es neben seinem Bett aufstellte. Seine Freunde blickten beunruhigt drein, als sie hereinkamen.

Täglich machte sich Birgit mehr Sorgen. Vielleicht bezog sich die Legende von der Unfruchtbarkeit nur auf die Umgebung von St. Senans Grab und nicht auf die ganze Insel? So verbrachte sie dort zitternd vor Kälte eine Regennacht, aber ohne Erfolg. Zu bekümmert, um ruhig bleiben zu können, durchwanderte sie die Insel. An den Rundturm knüpften sich blutige Erinnerungen, darum ging sie zu dem geheiligten Quell.

Täglich, beim Waschen oder Essen oder wenn sie ihn unterwies, seine Glieder zu gebrauchen, sagte sie zu Ranulf: »Dies tue ich in Christi Namen« und deutete dabei auf das Kruzifix. Als Teil seiner Übung lehrte sie ihn auch, das Kreuz zu schlagen.

Als er einmal vor Schmerz aufschrie, legte sie das Kruzifix in seine Hände und zeigte ihm die heiligen Wunden. »Sieh, was Christus für dich gelitten hat.«

»Ich habe schon häufig verwundete Männer gesehen«, erwiderte Ranulf und reichte ihr das Kruzifix zurück.

Vielleicht war das ein Anfang? Später, in der Nacht, als Birgit in Halldors Zelt unter seinen Bärenfellen ruhte, konnte sie nicht einschlafen. Bilder von ihm, wie er neben ihr lag, drängten sich ihr auf, und es fehlte nicht viel, daß sie ihn herbeigesehnt hätte. Sie erhob sich und kniete nieder, bis sie anfing zu zittern und ihre Knie schmerzten. Dann legte sie sich zum Schlafen auf dem harten Boden nieder.

Am nächsten Morgen wurde die Insel von heftigen Regenfällen überflutet, und auf dem bewegten Fluß tanzten grauweiße Schaumkrönchen. *Kein gutes Regenwetter,* dachte Birgit. Sie erwartete Halldor heute zurück – aber würde er bei diesem Sturm wagen, den Shannon zu befahren? Warum sorgte sie sich überhaupt um diesen Verbrecher, der ihr Land ausraubte und ihr Volk ins Verderben stürzte?

Immer wieder trat sie an diesem Tag vor die Tür der Hütte oder der Schreibstube, um flußaufwärts zu schauen, bis endlich der Bug des *Seebär* aus der regengepeitschten Düsternis auftauchte. Da ging sie wieder in die Hütte und versuchte, das Triumphgeschrei der zurückkehrenden Männer zu überhören.

»Dein Vater ist da«, teilte sie Ranulf mit. »Ich gehe jetzt zur Kapelle.«

VII

Als der Schiffskiel Grund berührte, ließ Halldor das Ruder fahren und sprang über die Bänke nach vorne zum Bug, um an Land zu waten. Die Mannschaft würde das Schiff allein verholen und festmachen. Die Männer verstanden seine Eile. Kaltes Wasser schwappte in seinen Schuhen und Regenböen fegten gegen sein Gesicht, als er zu dem Kloster stürmte.

Aus den Augenwinkeln nahm er die beiden Gefährten Ranulfs wahr, vergaß sie aber sogleich wieder, als er in die Hütte trat. Dort saß sein Sohn gegen die Lehne, die er für ihn angefertigt hatte. Er wirkte lebhaft, hatte sogar etwas an Gewicht zugenommen und erhob den rechten Arm zum Gruß, unter großer Anstrengung zwar, aber er schaffte es!

»Wie geht es dir?« fragten beide gleichzeitig. Erlöst brach der Vater in ein glückliches Lachen aus.

Er packte Ranulfs Hand, in der wieder Leben war. Die rechte Gesichtshälfte wirkte zwar immer noch eingefallen und starr, aber sie konnte doch wieder die Andeutung eines Lächelns zustande bringen . . . oder zusammenzucken, wie jetzt, wo der Schmerz Ranulf zwang, den Atem scharf einzuziehen. »Entschuldigung«, sagte Halldor und ließ die Hand los. Kraftlos fiel sie auf die Bettdecke zurück. »Das war noch zu anstrengend, nicht wahr?«

»Es wird noch lange dauern, bis ich wieder ganz gesund bin.« Er sprach leise und mit schwerer Zunge. »Birgit hat mir gesagt, daß ich vielleicht nie wieder meine frühere Kraft ganz zurückerlangen werde. Aber sie glaubt, daß es reichen wird, um allein zurechtzukommen und eine Arbeit auszuüben, mit der ich meinen Lebensunterhalt verdienen kann.«

Halldor sagte sich, daß er darüber froh sein mußte, denn es

war mehr, als er hatte erwarten können. Laut antwortete er: »Du kennst doch Odins Weisheit:

Die Lahmen reiten zu Pferd, und die Handlosen hüten die Herden,
Die Tauben schreckt kein Schlachtenlärm.
Besser blind als verbrannt auf deinem Scheiterhaufen.
Ein toter Mann hat noch keine Heldentaten verrichtet.

Wenn alles wie geplant verläuft, werden wir auf keinen Raubzug mehr gehen müssen. Wenn du unruhig oder gelangweilt sein solltest, kannst du mich später immer auf einer Handelsreise begleiten.«

Seine Rede schien Ranulf mit Schrecken erfüllt zu haben. »Odin . . .«, flüsterte er. »Ja, der Einäugige ist voller Weisheit, aber er erfüllt die Männer auch mit Gelüst nach Schlachtenlärm und Blutvergießen . . . Ich glaube nicht« – sein Blick suchte das Kruzifix –, »ich glaube nicht, daß der Weiße Christus so unbeständig ist.«

»Was willst du damit sagen?« fragte Halldor bestürzt. Der Gedanke durchzuckte ihn: *Er hat noch nicht einmal danach gefragt, was wir all die letzten Tage gemacht haben.*

»Birgit und ich«, begann Ranulf stockend, »haben uns lange unterhalten. Ich lernte ein paar Worte ihrer Sprache, sie lernte viele der unsrigen – sie hat eine schnelle Auffassungsgabe –, und so saß sie oft bei mir, denn es macht mich glücklich und ist gut für den Genesungsprozeß, wenn ich nicht alleine bin; und Bjarni und Sven haben keine Geduld . . . Sie sagt, ihr Gott heilt mich. Sie behauptet auch, daß sie ohne ihn nichts hätte bewirken können.«

Halldor zuckte die Achseln. »Das wird dir jeder Christ sagen.«

»Aber es muß wahr sein! Wie ist es sonst zu verstehen, daß ich noch am Leben bin? Sie hat nicht in den Runen gelesen, keinen Zaubertrank zubereitet, keinen Geist beschworen, außer ihm! Obwohl ich sie schrecklich mißhandelt habe, ja, sogar ihren Christus, alle beide, hilft sie mir – warum nur? Sie sagt, Christus vergibt denen, die zu ihm kommen.«

»Das sagen sie alle«, erwiderte Halldor barsch.

»Warum ließ er mich nicht sterben, oder, was schlimmer gewesen wäre, als atmenden Leichnam weiterleben? Er muß seine Gründe haben. Sollte ich nicht . . . seinen Willen befolgen . . . damit er mir auch weiterhin beisteht?« Ranulf richtete seinen Blick auf das Kruzifix. »Ich möchte nicht mein Leben lang ein Krüppel sein.«

»Was verlangt Christus denn von dir?« fragte Halldor mit tonloser Stimme.

»Ich weiß es nicht.« Ranulf schloß ermattet die Augen. »Vater, ich bin erschöpft. Ich muß schlafen.«

Während er seinem Sohn half, sich bequem hinzulegen, dachte Halldor nach: *Nun ja, wenn er sich taufen läßt, bedeutet dies noch nicht das Ende der Welt. Er wird eine Menge Ärger bekommen – ein Hausvorstand, der sich weigert, den Göttern zu opfern und damit ihren Zorn herausfordert, ist nicht gerne gesehen. – Aber am schmerzlichsten ist es für mich, daß mein letzter Sohn meinen alten Freund Thor im Stich läßt.*

Vielleicht überlegt er es sich ja noch einmal. Wenn nicht . . . Birgit, dann wirst du einen großen Sieg über uns feiern können.

Das Wetter verschlechterte sich immer mehr. Die Regenschauer, welche ein heulender, eiskalter Wind vor sich hertrieb, waren mit Hagelkörnern vermischt, die den matschigen Boden weißlich sprenkelten. Die Nachbarinsel und das Festland waren hinter einem grauen Schleier verschwunden, und die Wikinger verkrochen sich mit ihren Gefangenen in jedem nur denkbaren Unterschlupf, der einigermaßen Schutz vor dem Unwetter bot.

Halldor lud seine Kapitänskameraden Sigurd und Egil in sein Zelt. Innen war es feucht und laut vom Trommeln des Regens und außerdem so finster, daß man kaum etwas sehen konnte. »Ich fürchte, daß wir ein paar Tage festsitzen werden«, beschied Halldor sie. »Ganz sicher bin ich zwar nicht – wer kennt schon den irischen Himmel so gut? –, aber dies scheint mir doch der erste einer langen Reihe von Frühlingsstürmen zu sein.«

In Wetterfragen vertrauten die anderen seinem Urteil. »Gut«, meinte Egil, »unsere Verletzten können eine Ruhepause gebrauchen, bevor wir wieder in See stechen.«

»Und wir haben reichlich Gelegenheit, über unsere nächsten Unternehmungen nachzudenken«, fügte Sigurd hinzu. Über diesen letzten Raubzug hinaus hatten sie noch keine festen Pläne geschmiedet. Das Flußtal im Unterlauf des Shannon hatten sie nun leergeplündert. Aber sie waren zu wenige, um sich tiefer ins Landesinnere vorzuwagen, wo sie möglicherweise von übermächtigen Kräften angegriffen würden. »Unsere Gefangenen müßten uns eigentlich Auskunft darüber geben können, wie es weiter im Süden aussieht; aber wir müssen aufpassen, daß sie uns nicht in eine Falle locken.«

»Ein Mann, dessen Hand über glühende Kohlen gehalten wird, wird wohl kaum lügen«, sagte Egil rauh.

»Kaum, aber vielleicht eben doch«, gab Halldor zu bedenken. »Sind die Iren denn weniger tapfer als wir Norweger? Unsere Toten und Verwundeten sprechen für sich. Nein, wir müssen eine List anwenden, um die Wahrheit von ihnen zu erfahren. Laßt es mich einmal versuchen. Ich spreche zunächst mit dem einen, dann mit einem anderen, einem dritten, mit jedem allein. Hinterher kann ich dann feststellen, in welchen Punkten ihre Geschichten übereinstimmen, und wo sie gelogen haben müssen.«

Er verfiel in Schweigen. Der Regen prasselte auf das Zelt und strömte an seinen Wänden hinunter, und in seinem Inneren breitete sich mehr und mehr ein feuchter Dunst aus. Nach einer Weile sprach Halldor wieder: »Müssen wir den Zug überhaupt noch fortsetzen? Wir haben reiche Beute gemacht. Wir könnten doch auch direkt nach Armagh segeln, dort die Gefangenen verkaufen und dann die Heimreise antreten. Auf jeden Fall wären die Gefangenen dann noch in einigermaßen gutem Zustand. Wenn wir bis zum Ende des Sommers umherziehen und nicht schon vorher Käufer für sie finden, wird das Schiff nicht nur schrecklich überfüllt sein, sondern die meisten von ihnen werden sterben.« *Was letzten Endes auch eine Schande für sie wäre,* dachte er. *Gewiß möchte ich meine Tage nicht als Sklave beschließen. Aber wenn ich einer wäre, würde ich versuchen zu entfliehen, oder, wenn das nicht gelänge, meinen Eigentümer zu töten.*

Das glaube ich jedenfalls. Birgit würde mir vielleicht sagen, daß ich mich über mich selbst täusche.

Egil schnaubte verächtlich. »Du möchtest also am liebsten von deinem Anteil deine Schulden bezahlen und so schnell wie möglich einen neuen Anfang als Kaufmann machen, stimmt's?«

»Das wißt ihr beiden doch. Habt ihr nicht selbst . . .«

»Wo wir nun schon einmal hier sind, wollen wir soviel wie möglich erbeuten und bis zum Einbruch des Winters dableiben. Du hast uns Bruderschaft geschworen, und drei Schiffe vermögen mehr als zwei.«

Halldor saß nachdenklich auf dem Bett. Die Kälte fraß sich nach und nach durch seine Kleidung. Was würde wohl aus Ranulf werden, wenn sie noch so lange hierblieben? Und aus ihm selbst? Er fürchtete den Tod keineswegs, sehnte ihn aber auch nicht herbei. Und Unn – sie war dick und unfruchtbar geworden, aber immer noch eine treue Gefährtin, die er nicht länger als nötig allein lassen wollte.

Aber Eid war Eid. Egils Worte und Sigurds Zustimmung kamen für ihn nicht überraschend. »Es sei, wie ihr wünscht«, seufzte er schließlich.

Das Rudern flußaufwärts, der Kampf um die Abtei mit seinen Folgen, die Rückfahrt bei tosendem Sturm, das Gespräch mit seinem Sohn, die Arbeit danach, die Düsternis und Feuchtigkeit: das alles zehrte an Halldor. Als er sich zur Ruhe legte, vermißte er Birgit, schlief aber zu schnell ein, um darüber groß bekümmert zu sein.

Er erwachte am späten Morgen; er hatte von ihr geträumt. Der Regen hatte aufgehört, aber ein steifer Wind wehte und schüttelte das Zelt so heftig, daß er befürchtete, es werde jeden Augenblick umgerissen. Die Wärme unter dem Bärenfell zog in seine Lenden. Er streckte seine Hand nach Birgit aus und stellte fest, daß er allein war.

Aus Gründen, die ihm nicht ganz klar waren, hatte er sich nicht mit den Frauen abgegeben, die den Wikingern in letzter Zeit in die Hände gefallen waren. Vielleicht vertrieben ihre Tränen ihm die Lust. Es war soviel schöner, wenn auch sie Freude daran hatten . . . Er wünschte dies besonders für Birgit.

Nie zuvor hatte er eine Frau getroffen, die ihr vergleichbar gewesen wäre, und ihr starkknochiges Gesicht ging ihm nicht mehr aus dem Sinn. Er dachte, daß es lebendiger wirken könne als die Gesichter der meisten Frauen und daß er, sollte es ihm glücken, ein Lächeln auf ihr Antlitz zu zaubern, sich wieder jung fühlen werde.

Er zog sich an und ging nach draußen. Der Fluß war braun und aufgewühlt unter den schnell dahinziehenden Wolkenmassen. Im Westen hatte sich eine dunkle Wand aufgetürmt, aus der es wetterleuchtete. Auf See hätte ihm das heraufkommende Unwetter keine großen Probleme bereitet, aber auf dem Shannon waren die Strömungen unberechenbar, Ufer und Untiefen zu nahe. Und außerdem – nun, Birgit hatte St. Senan beschworen, den Schutzheiligen der Insel. Sie hatte einen Wasserdrachen herbeigewünscht, den der fromme Mönch einst in die grünen Tiefen der See verbannt hatte. Wie gefährlich mochte das Ungeheuer heute noch sein? Gerade der Sturm konnte ihm die langersehnte Gelegenheit bieten, Schaden anzurichten.

Halldor wärmte seine Hände über dem Feuer und holte sich in einer Hütte etwas zu essen. Heute mußte die Beute ausgeladen und gerecht verteilt werden. Zuerst wollte er jedoch nach den Gefangenen sehen, die zur Abtei geschafft worden waren. Sie wohnten zusammen mit den Wikingern im Kloster und in den Zelten. Der Rundturm blieb unbenutzt; es lohnte sich nicht, über das Gerüst emporzuklettern, um dann in dem Steinbau vor Kälte zu zittern. Auch die Kapelle wurde gemieden, da sie trostlos wirkte und möglicherweise verwunschen war.

Als er die Iren gefunden hatte, befahl Halldor einem jungen Mann auf gälisch, ihm zu folgen. Der Bursche trottete wie ein Schaf hinter ihm her. Unter seinem mitgenommenen Gewand zeichnete sich ein stämmiger Körper ab, aber seine Augen wirkten leer, und der Kiefer hing willenlos herab. Er hatte seit seiner Gefangennahme kaum ein Wort gesprochen.

Wie Halldor erwartet hatte, war Birgit in der Kapelle. Sie kniete vor dem Altar. Seit seiner Rückkehr hatte sie diese einsame Wache gehalten. *Warum sollte sie mich auch willkommen heißen*? durchzuckte es ihn.

Er begrüßte sie. »Oh«, rief sie erschreckt; aus ihrer Versenkung gerissen, erhob sie sich mühsam. Hunger und Durst hatten sie noch bleicher gemacht, so daß ihre Hand im Dämmerlicht der Kapelle durchscheinend wie Alabaster aussah.

Sie zog die Schultern ein, als erwarte sie, geschlagen zu werden. »Wie war die Fahrt?« fragte sie mit tonloser Stimme.

Er mußte sich räuspern, bevor er antworten konnte: »Die Iren hatten sich in die befestigte Abtei zurückgezogen. Es waren ihrer viele, und sie lieferten uns einen verbissenen Kampf. Selbst nachdem wir die Wälle zerstört hatten, war es nicht leicht, das Kloster zu erstürmen. Viele Wikinger werden eure Küsten nie wieder behelligen. Und . . . wir verlassen Scattery, sobald es das Wetter erlaubt.«

Sie starrte ihn immer noch wortlos an. »Du mußt mitkommen, bis wir sicher sein können, daß Ranulf über den Berg ist«, sagte er linkisch. »Wir haben überdies neue Verwundete, denen du helfen kannst. Aber mein Versprechen gilt, daß wir dich später freilassen. Mittlerweile, äh, haben wir Gefangene gemacht, die wir als Sklaven auf dem Markt verkaufen wollen.« Er deutete auf den schweigenden Mann, der sich einige Schritte hinter ihm hielt. »Ich habe dafür gesorgt, daß ein Priester unter ihnen ist. Für dich, Birgit.«

Sie schaute zu dem Gefangenen. Das Schweigen lastete auf ihnen, während draußen der Wind heulte und tobte.

»Ich möchte dich so glücklich machen, wie ich kann«, sagte Halldor und streckte seine Hand nach ihr aus.

Sie wich vor ihm zurück. »Dann laß mich in Frieden.«

»Was?«

Sie versuchte nicht, ihm zu schmeicheln; sie stand einfach nur da und bat ihn um Nachsicht. »Ich muß noch so viel lernen, ich habe ein so großes Bedürfnis nach Beichte, nach Absolution, bevor . . . was auch immer geschehen mag.« Wie eine Flamme aus einem sterbenden Feuer schlägt, loderte sichtlich der Geist aus ihr. »Und du wirst andere Frauen finden.«

Er ließ den Arm sinken. Nach einigen Atemzügen sagte er mühsam: »Das werde ich nicht, Birgit. Bis morgen – bleibe hier in Frieden mit deinem Priester und deinem Gott.« Er machte auf dem Absatz kehrt und ging hinaus.

Nachdem sie entladen worden waren, mußten die Schiffe während der Regenpause auch kalfatert und geteert werden. Wenn diese Arbeit nicht allzulange dauerte, könnte er noch vor dem Abend versuchen, ein paar Fische zu fangen. Danach wollte er sich zu seinen Männern setzen, die auf diesem Raubzug neben kostbaren Gütern auch Wein und Bier erbeutet hatten, und sich in ihrer Gesellschaft betrinken.

VIII

Nachdem Halldor gegangen war, flüsterte der Priester seinen Namen. Er hieß Eamon. Schon beim leisesten Geräusch schrak er zusammen, und Birgit fragte sich, welche entsetzlichen Erlebnisse ihn so eingeschüchtert haben mochten.

So dringend es sie auch zu beichten verlangte – erst mußte sie Vater Eamon beruhigen. Wie hätte er sich ihren Seelennöten widmen können, ohne selbst Frieden gefunden zu haben? So drängte sie ihn zum Reden.

»Die alten Heldensagen haben mir immer gut gefallen«, begann er, »obwohl sie heidnisch sind. Als Kind habe ich mich an dem gewaltigen Cuchulain ergötzt, am starken Finn Mac Cumhaill, den prächtigen Kampfwagen und Streitrossen, an den im Sonnenlicht schimmernden Speeren, welche die Männer vor der Schlacht küßten – aber die Wirklichkeit war ganz, ganz anders, Schwester Birgit. Ein Mann hielt seine herausquellenden Eingeweide fest und schrie und schrie, bis er nur noch aus Geschrei zu bestehen schien und ich mir vor Entsetzen die Ohren zuhielt. Und das ganze Blut! Ich habe schon oft Blut gesehen, wie jeder von uns, aber noch nie bin ich durch ganze Pfützen gewatet, durch die Blutlachen meiner Verwandten und Nachbarn.

Wir dachten, die Wälle seien stark genug, um sie abzuhalten, auch, nachdem unsere Krieger die Schlacht verloren hatten, aber sie kamen mit Leitern, kletterten über die Palisaden und stellten Posten an den unterirdischen Ausgängen auf, so daß keiner entkommen konnte. Es war hoffungslos. Wir beteten und flehten zum Heiligen Patrick, zur Jungfrau Maria und zum Herrgott selbst, aber niemand antwortete außer den blutrünstigen grinsenden Lochlannach.

Der betagte Abt Niall versuchte, ihnen den Eintritt in unsere Kirche zu verwehren. Dort befand sich das heilige Sakrament. Sie spalteten dem ehrwürdigen Greis den Schädel und stürmten über seinen Körper hinweg. Man hörte jeden einzelnen Knochen bersten, bis sein Kopf nur noch eine formlose, blutige Masse war. Dann verstreuten sie die geweihten Hostien auf dem Fußboden.

Einige versuchten, sich in einem Vorratsraum zu verschanzen. Die Wikinger räucherten sie aus. Ihre Schreie klingen noch jetzt in meinen Ohren, und ich rieche noch das versengte Fleisch.«

Draußen ertönten laute Rufe und Gelächter. Birgit und Eamon schauten zur Tür hinaus. In der Nähe schleiften mehrere Männer eine Frau durch den Dreck. Als sie Birgit sah, spuckte sie verächtlich vor ihr aus.

Eamon schloß erschauernd die Augen. »Als alles verloren war und wir uns ergeben hatten, taten sie meiner Frau genau dasselbe an wie jetzt diesem Mädchen. Ich war gefesselt und mußte zusehen. Sie wehrte sich aus Leibeskräften, schrie und kämpfte. Da brachen sie ihr die Knochen. Weil sie so nicht mehr als Sklavin verkauft werden konnte, stießen sie ihr nach der Vergewaltigung das Messer ins Herz.« Plötzlich schrie er auf: »Wo bist du gewesen, Christus?«

Birgit dachte, daß seine Frau vielleicht noch Glück gehabt hatte. Sanft berührte sie seinen Arm. Daß nun sie einem Priester Trost spenden mußte! . . . »Sie wartet im Himmel auf dich.«

»Wie sie mich ansah – das werde ich nie vergessen! Ich konnte ihr doch nicht helfen, aber ich sehe ständig diese Augen vor mir.« Er weinte. »Gott hat sein Antlitz von uns abgewandt und uns den Dämonen ausgeliefert.«

»So etwas darfst du *nie* sagen. Verzweiflung ist die schlimmste aller Sünden!« Die Frau draußen hatte aufgehört zu schreien; man hörte nur noch leises Wimmern, das von rauhem Gelächter übertönt wurde. Birgit erinnerte sich nur zu gut; erneut wurde sie sich der Fülle ihrer Brüste und des Schweregefühls in ihrem Bauch bewußt. Aber auch sie konnte jene fremde Frau nicht rächen. Ihre Hilflosigkeit ließ sie verstummen.

Eamon lächelte sie verstört an. »Und du, Schwester, bist du denn über all deinen tapferen Worten niemals verzweifelt?«

Birgit errötete. »Ich wäre dir dankbar, wenn du mir jetzt die Beichte abnehmen könntest. Schon lange habe ich nicht mehr Gelegenheit gehabt zu beichten, und es ist viel geschehen.« So hörte er sich die Aufzählung ihrer Sünden an, wie sie ihn gebeten hatte. Sein Geist schien abwesend zu sein, als er ihr murmelnd die Absolution erteilte.

Die Abenddämmerung war hereingebrochen. Von draußen drang das ausgelassene Lachen der Zechenden in die Stille des Gotteshauses. Natürlich, die Lochlannach feierten ihren Sieg! Birgit wagte nicht, die Kapelle zu verlassen. Hier war ein christlicher Bruder in Nöten, und Halldor hatte Grund, ihr zu zürnen.

Sie wachte zusammen mit Eamon und versuchte, zu beten. Der Priester starrte zumeist in die Dunkelheit oder murmelte leise sinnlose lateinische Sätze vor sich hin. Lautes Gegröle und Gejohle erhob sich am Lagerfeuer – einer der Wikinger hatte wohl eine besonders tollkühne Geschichte zum besten gegeben – und Eamon warf sich zitternd zu Boden. *Vergib ihm, lieber Gott, daß er nicht länger ein Mann ist.*

Sie lehnte sich gegen die Wand. Die Steine in ihrem Rücken fühlten sich kalt an. Im Halbschlaf sah sie ihren Vater als jungen Mann, wie er mit ihr spielte und sie hoch in die Luft warf. In der unheimlichen Finsternis kauerte sie sich zusammen und machte sich so klein wie möglich; auf einmal vermeinte sie wieder die Stimme ihrer Mutter zu vernehmen, die ihr Geschichten über die Sidhe erzählt hatte, jene Geister, welche die Grabstätten bewohnten. Dann war sie eine Novizin und weihte Geist und Körper Christus, bis sie plötzlich mit einem Ruck erwachte. Ihre Augen vermochten die tiefe Schwärze in der Kapelle nicht zu durchdringen, aber in der Dunkelheit ertönte leises Wehklagen. *Eamon hat noch Schrecklicheres durchgemacht als ich.* Sie tastete sich zu ihm und versuchte, ihm mit einer Berührung und ein paar Worten Trost zu spenden. Aber er war nicht ansprechbar.

Sie erhob sich. Die Kälte kroch durch ihre Kleidung, und Regen strömte durch die geöffnete Tür ins Innere des modrigen Gotteshauses. Sie konnte es hier nicht länger aushalten. Bei Halldor war es wenigstens warm. Und seine Hände waren nicht ständig ans Kreuz genagelt.

Sie mußte gegen den Sturm ankämpfen, als sie zu seinem Zelt ging.

IX

Er wachte auf, als sie ins Bett kroch und sich an ihn schmiegte. Sie schlief beinahe auf der Stelle ein. Er lag still und wunderte sich, was das zu bedeuten hatte. War es ihr nur zu kalt gewesen? Nein, dann hätte sie sich wie gewöhnlich in einigem Abstand zu ihm hinlegen können, mit dem Rücken zu ihm gekehrt. Wenn sie sich selbst auch als demütige Magd Christi bezeichnete, war sie doch hochmütig wie nur irgendeine norwegische Frau. Hatte sie dann dasselbe Verlangen nach ihm verspürt, das er bereits seit langem für sie empfand? Bei diesem Gedanken hätte er sie beinahe fest an sich gedrückt und sie genommen. Aber er beherrschte sich. Sie war völlig erschöpft und benötigte Ruhe.

Wozu auch sich beeilen? Ein langer, freier Tag lag vor ihm, an dem er um sie werben konnte.

Nachdem er zur Genüge das Vergnügen ausgekostet hatte, welches ihm die Berührung durch ihre nackte Haut bereitete, erhob er sich. Zuerst ergriff er das völlig durchnäßte Gewand, das sie einfach auf den Boden geworfen hatte, und hängte es zum Trocknen an die Firststange. Dann warf er sich einen Umhang über – die Spange, die ihn zusammenhielt, war irisches Beutegut – und schnürte die Zeltklappe auf. In der Nähe des Eingangs loderte ein Feuer in einer kleinen, mit Zweigen bedeckten Grube. Er hielt einen Ast in die Glut und nahm ihn, als er schwelte, mit nach drinnen, um die große Kohlenpfanne zu entzünden. Die Luft erwärmte sich schnell. Nahrungsmittel und Getränke waren im Zelt reichlich vorhanden, denn als Anführer mußte er jederzeit in der Lage sein, einen Besucher zu bewirten. Er schnitt Rindfleisch in Streifen und briet es auf einem Spieß.

Der Essensduft weckte Birgit, und sie setzte sich auf. Das Bärenfell, das sie bedeckt hatte, rutschte nach unten und entblößte ihre Brüste, die im Halbdunkel des Zeltes rosig schimmerten. Eine kleine braune Locke fiel ihr verwegen in die Stirn. »Guten Morgen«, begrüßte Halldor sie heiter. »Du mußt halb verhungert sein. Darf ich dich einladen, das Fasten zu beenden?«

Sie lächelte – aber dann, als ihr seine Worte voll zu Bewußtsein kamen, versteifte sie sich, und ihr Gesichtsausdruck wurde abweisend.

»Du brauchst doch keine Angst vor mir zu haben.« Halldor füllte seine Eßschale mit Fleisch und setzte sich neben ihr aufs Bett. Sanft streichelte er ihre Wange und zog sie dann an sich. »Keine Sorge, bald wirst du frei sein.«

Sie warf den Kopf zurück. »Bisher merke ich recht wenig davon.«

»Es wird nicht mehr lange dauern. Ich habe es dir ja oft genug versprochen. Dann kannst du zu deinem Vater heimkehren, wenn du möchtest. Vielleicht werde ich sogar Freundschaft mit ihm schließen, um dich zu beschützen. Es sei denn . . .« Halldor zögerte einige Herzschläge lang. »Es sei denn, du würdest lieber . . .« Er schwieg. »Aber das Essen ist fertig!«

Erstaunt sah sie, was er gemacht hatte. »Du hast ein Mahl zubereitet? *Du* bedienst *mich*?«

Er nickte.

Das Essen und noch mehr das Bier verbreiteten eine angenehme, innere Wärme. Es schien der geschwächten Birgit zu Kopf gestiegen zu sein, denn nach dem letzten Bissen ergriff sie das Trinkhorn, das ihr Halldor eben nachgefüllt hatte, lehnte sich auf den Ellenbogen zurück und sagte träumerisch:

»Halldor, du hast gelobt, für mich zu sorgen. Gilt dein Versprechen auch für mein Kind?«

»Was?« bellte er.

Diesmal schwand ihr Lächeln nicht. »Hast du denn gar nichts gemerkt? Und du bist Familienvater! Ich bekomme ein Kind.«

Meines, Ranulfs, oder auch das von sechs, sieben anderen, niemand wird es jemals wissen, schoß es durch seinen Kopf.

»Wie . . . wie kann ich denn für es sorgen, wenn du in Irland bleibst?« stammelte er.

In einer heftigen Gefühlsaufwallung – wie schön Birgit doch war! – sprudelte er heraus: »Aber wenn du mit mir nach Norwegen kommst, werde ich es wie mein eigenes Blut behandeln. Und es wird noch viele Geschwister bekommen, kräftige Söhne und Töchter. Ein Buhlenkind wird in meinem Land vom Gesetz nicht benachteiligt. Unn wäre glücklich über den neuen Zuwachs für unser Haus, sie würde dich Willkommen heißen . . .«

Ich bin ja betrunken, durchfuhr es ihn.

»Du bietest mir mehr an, als Gott selbst es je tat«, hauchte sie kaum vernehmbar.

Da fuhr er aus den Kleidern und warf sich auf sie. Sie lag nicht wie sonst starr da, seine Zudringlichkeiten reglos erduldend, sondern schlang die Arme um seinen Nacken. Deswegen, und weil er sich daran erinnerte, wie sie schon zuvor unter seinen Liebkosungen ein- oder zweimal recht lebendig geworden war, ging Halldor diesmal äußerst behutsam und zärtlich vor und ließ nichts unversucht, womit er ihr Freude machen konnte. Und als er schließlich laut aufstöhnte, da schrie auch sie vor Lust.

X

Birgit rang nach Luft, aber nicht, weil Halldor so schwer auf ihr lastete. Sie zitterte vor Erregung und drückte ihn fest an sich. Das waren also die Freuden, denen sie für immer entsagt hatte! Aber ihr Gelübde hatte mit einemmal jede Bedeutung für sie verloren.

Er hatte sich auf seine Ellenbogen gestützt und löste sich vorsichtig von ihr, als befürchtete er, ihr weh zu tun. Sie rollte sich zusammen, preßte sich dicht an ihn und schlang einen Arm um seinen Hals. Sie versuchte, die Augen offenzuhalten, etwas zu sagen, doch auf einmal verschwamm alles vor ihrem Blick, und ihre Zunge wurde schwer. Nach der eiskalten Wache am Grab in der vergangenen Nacht taten die Speisen und Getränke nun ihre Wirkung. Halldors Atem strich warm über ihr Gesicht. Sie schlummerte ein.

Als sie erwachte – wieviel später, Minuten? Stunden? –, saß Halldor neben ihr auf dem Bett und blickte auf sie herab. Im schwachen Lampenschein konnte sie den Ausdruck seines Gesichts nicht lesen.

So habe ich also mein Glück nicht in der Umarmung des lebendigen Gottes gefunden. Ihre Schuldgefühle waren weitaus geringer, als sie erwartet hatte. Aber was mußte Halldor von ihr denken? Sie hatte sich nicht zurückgehalten, hatte laut und unbeherrscht aufgeschrien, ihm wie ein Tier den Rücken zerkratzt. Sie spürte, wie ihr das Blut ins Gesicht schoß und zog die Felldecken bis über das Kinn.

Halldor streckte die Hand aus und strich mit seinen derben Fingern über ihre Wange. Sie waren von den vielen Rudern, Tauen und Schwertern, die sie gehalten hatten, schwielig geworden, doch ihre Berührung war sanft. »Birgit, Birgit.« Er

streichelte ihr übers Haar. »Die Freude kleidet dich gut. Du warst niemals dazu bestimmt, eine Nonne zu sein.«

Sie wagte, ihn anzublicken. Er runzelte die Brauen und beugte sich zu ihr nieder. Sie streckte eine Hand aus und merkte, wie sehr sie zitterte. »Halldor . . .«

Weiter kam sie nicht. Draußen erhob sich ein großer Lärm, Rufe erschollen auf norwegisch. Sie verstand nicht, worum es ging, ahnte aber, daß sich etwas Schlimmes ereignet haben mußte. Halldor fluchte, sprang auf, warf seinen Umhang über und eilte hinaus. Nachdenklich kleidete sie sich an und folgte ihm.

Am Ufer hatte sich eine Gruppe von Männern angesammelt. Sie spähten angestrengt über das aufgewühlte Wasser. Gerade noch in Sichtweite tauchte in der sprühenden Gischt ab und zu der Kopf eines Mannes auf. Er schwamm langsam, und die Strömung trieb ihn auf die offene See hinaus. Der Kopf ging wieder unter und kam nicht mehr zum Vorschein.

Birgit hielt sich ein wenig von den anderen abseits. Halldor stand mit flatterndem Umhang im feuchtkalten Wind. Zwei Mann deuteten auf den Fluß, gestikulierten dann zur Kapelle und schüttelten ihre Köpfe. Grimmig hörte er ihnen zu. Sie wiesen auf eines der Schiffe. »Nein«, sagte er bestimmt. Als er sich abwandte, erblickte er Birgit. Er trat näher und klopfte ihr auf die Schulter. »Es war der Priester Eamon«, sagte er in ihrer Sprache.

»Eamon?« Birgit sah ihn vor sich, wie sie ihn verlassen hatte: einsam und verzweifelt hatte er auf dem kalten Boden der Kapelle gekauert. Sie war von ihm aus freien Stücken zu Halldors Zelt gegangen und in Halldors Bett gekrochen. Sie sollte für Eamons Seele beten, aber ihr Gebet wäre einer Gotteslästerung gleichgekommen. »Was ist passiert?«

»Er lief aus der Kapelle direkt zum Fluß hinab und schrie dabei wie ein Besessener. Die Wachen konnten ihn nicht aufhalten. Sie kamen gar nicht auf die Idee, daß er in den Shannon springen wollte. Die Strömung ist hier sehr stark und das Wasser eisig . . .«

Das war kein Fluchtversuch gewesen. Eamon hatte sich das Leben genommen, während sie in Sünde bei Halldor lag.

Sie starrte auf den Shannon. Nebelschwaden, die die Sonne verdeckten, trieben träge über die Wellenkämme hinweg: das Grau beherrschte alles, die Farbe des Vergessens.

Eamon hatte die Nerven verloren. Das Grauen, das er miterleben mußte, hatte ihn verstört. Und was für eine Zukunft hätte schon auf ihn gewartet? Sein Gott hatte ihn verlassen. Er hätte seine Tage als Sklave eines Heiden in irgendeiner fremdländischen Stadt beschlossen – wenn er es überhaupt geschafft hätte, den Sommer zu überstehen.

Und als das Ende in jenem kalten Raum kam, da antwortete niemand mehr auf sein Flehen. Kein Gott stand ihm bei in seiner Not, und nicht einmal seine Landsmännin war da. Ich lag mit dem, der mich geraubt hat, im Bett und habe es genossen.

Birgit streifte Halldors Hand von ihrer Schulter und ging zu Ranulfs Hütte.

Ranulf stützte sich auf seinen gesunden Ellenbogen, als Birgit durch die Tür kam. »Was hat das Rufen zu bedeuten?«

»Ein Sklave ist entflohen. Er ertrank im Fluß.«

»Oh.« Ranulf legte sich zurück. Birgit hielt sich für das Waschen und die Übungen bereit. »Kommt er nun . . . in den Himmel . . . zu Christus?«

»Ich fürchte nein. Er brach Gottes Gesetz.«

Ranulfs Augen leuchteten auf. »Welches ist Gottes Gesetz?«

»Bin ich denn ein Priester, daß du mich danach fragst?« Sie drängte Wut und Tränen zurück. »Auf, an die Arbeit.« Bei den Übungen war sie eifriger als gewöhnlich. Als sie sein Knie bog, keuchte er vor Schmerz. Gereizt sagte sie: »Soll ich dir das vielleicht ersparen, damit du für den Rest deines Lebens als Krüppel im Bett liegst?« Er schwieg.

Als sie fertig war, kam Halldor an die Tür und blickte hinein. »Seine Glieder sind schon viel beweglicher geworden, Birgit. Du hast sie gut massiert.«

Sie ergriff das Waschbecken und die Tücher und blickte in seine blauen Augen. Sie erkannte den Schmerz darin.

»Birgit . . .« Er streckte seine Hand nach ihr aus. »Es tut mir leid, daß dein Freund ein so schreckliches Ende gefunden hat.« Aber nun stand er vollständig angezogen vor ihr. Sein Mantel wurde von der gestohlenen Spange zusammengehalten, und sie erinnerte sich der Brandschatzungen überall im Land.

»Ich bedaure, daß dein Eigentum untergegangen ist, mein Herr.« Sie wartete darauf, daß er zur Seite trat, und eilte dann mit dem Becken an ihm vorbei. *So dicht* – ihr rechter Arm streifte seinen Überwurf, und ein Zittern durchlief ihren Körper. Sie hastete aus der Hütte.

Sie hatte die Laken gewaschen und über Büsche gehängt, obwohl sie bezweifelte, daß sie bei diesem naßkalten Wind

trocknen würden. Je länger ihr Körper beschäftigt war, um so länger gab ihr Verstand Ruhe.

Schließlich hob sie den Kopf, warf die Schultern zurück und begann, am Strand entlangzuwandern. Die Gezeiten hatten gewechselt, und mit ihnen die Strömung des Shannon. An einer Sandbank, die sich dicht am Ufer aus den Fluten erhob, war etwas angespült worden. Als sie näher kam, erkannte Birgit den dunklen und aufgeschwemmten Leichnam Eamons, der sich an einer Wurzel verhakt hatte.

Ich werde dich nicht in geheiligter Erde begraben, mein Bruder in Christo, ehrwürdiger Vater, denn du hast dir selbst das Leben genommen. Sie hätte ihn sowieso kaum beerdigen können. Nur mit Mühe gelang es ihr, den Körper die Uferböschung hochzuziehen. Sie ließ ihn dort liegen und bedeckte ihn mit einem Haufen Steine. Sie sprach weder ein Gebet, noch schlug sie das Kreuz.

Ihre innere Erregung trieb sie zur heiligen Quelle. Moosumsäumt und klar spiegelte sie den bleiernen Himmel wider. Birgit kauerte nieder. Wenn sie die Augen schloß, konnte sie Halldors Gesicht sehen, und ihr Körper erinnerte sich noch seiner Berührung. *Soll ich zurückgehen und als seine Geliebte weiterleben?* Aber neben Halldor erschien auf einmal das Gesicht des ertrunkenen Priesters, und hinter ihm stiegen die Rauchsäulen der verwüsteten und abgebrannten Gehöfte und Dörfer auf, und das Wehklagen der Opfer übertönte Halldors Lachen. Ihre Faust umklammerte einen Stein. *Er hat meinen Körper genommen, meine Leute getötet, mein Land geplündert – er hat sogar meine Seele verdorben –, und da will ich mich zu ihm legen?* Sie schleuderte den Stein ins Wasser.

Die aufspritzenden Wassertropfen rollten von ihren Wangen, als seien es Tränen. Sie ballte die Fäuste und bohrte sich die Nägel in die Handflächen, bis sie blutig waren.

»Fluch über sie, Fluch über Halldor! Fluch über sein ganzes Volk! Mögen ihre Schiffe kentern und Ungeheuer aus den Wellen tauchen, um die Überlebenden zu verschlingen! Salziges Bier sollen sie zum Leichenschmaus haben!« Sie schluchzte auf.

Krähen lärmten auf einer Eberesche, unsichtbare Möwen kreischten, aber plötzlich schienen alle Vögel verschwunden zu sein. Lautlos zogen Nebelschwaden auf.

Birgit fühlte, wie sich eine kalte Hand auf ihre Schulter legte. »Meine Tochter, ist es dir ernst mit deinem Fluch?« Die Stimme klang wie Musik. Birgit hob den Kopf. Ihre Wimpern mußten mit Tränen benetzt sein, denn die Frau, die sie erblickte, leuchtete in allen Farben des Regenbogens; sie war groß, goldhaarig und trug eine goldene Krone: es war die Erscheinung aus ihrem Traum. »Möchtest du wirklich Halldor und sein ganzes Gefolge verfluchen?«

Birgit schrak zurück. Dies war eine heilige Quelle, aber die Frau, die vor ihr stand, war keine Heilige. Ihre Namenspatronin war eine Äbtissin gewesen. Keine Äbtissin würde einen seegrünen Mantel aus Spinnweben tragen, in dessen Schimmer sich die Wellen spiegelten. »Ja, ich bin Birgit«, sagte die Frau.

»Aber das ist unmöglich. Die Birgit, die ich anrief, war eine Nonne, wie auch ich eine gewesen bin.«

»Davor war Birgit aber eine andere. Ich bin diese andere, und diese Quelle gehört mir. Aber antworte: Ist es dir ernst mit dem Fluch?«

Will ich Halldor wirklich verderben? Blaue Augen mit Fältchen in den Winkeln. Ein kühner Geist. Hände, die geschickt waren – im Zimmern, im Steuern, aber auch in anderen Dingen. Ihr Blut kochte. »Halldor hat mit seinen Männern das Land ausgeraubt, meine Leute erschlagen, Schande über mich gebracht . . .«

»Schande nennst du das jetzt?« Die Regenbogenfrau lachte. »Seltsames Volk, ihr Christen. Aber du hast nur Gründe aufgezählt, keine Entscheidungen getroffen. Wünschst du diesem Ungläubigen wirklich den Tod? Wenn ja, soll dein Wunsch in Erfüllung gehen. Denn auf dieser Insel ist alles in meiner Gewalt.«

Halldor. Alle anderen mochten untergehen, aber er –. Sie schloß die Augen, und wieder standen die Bilder hingemetzelter Mönche, über deren vermodernden Leichnamen die Fliegen summten, vor ihrem inneren Auge. Sie hörte das Weinen und Wehklagen der Gefangenen, erinnerte sich der Demütigungen und Schläge, die sie empfangen hatte, und fühlte den Schmerz in ihren Brüsten. Halldor war der Anführer dieser Männer. Sie schluckte, dann sagte sie: »Sie sollen verflucht sein. Ich wünsche ihnen alles Übel, jedem einzelnen von ihnen. Möge der heilige Senan . . .«

»Seltsam, daß du an diesem Bealtaineabend von Heiligen plapperst«, unterbrach sie die Frau. »Deine Mutter hat dir doch von den alten Geistern erzählt, Birgit. Sie sagte die Wahrheit. Sprich deinen Fluch mit Bedacht aus!«

Der Regenbogen verschwamm, und die Frau war verschwunden. Wo sie eben noch gestanden hatte, war nichts als ein Büschel grünes Moos zu sehen, wie es überall an den Rändern des kleinen Teiches wuchs. Die Krähen in der Eberesche lärmten wieder, als sei nichts geschehen.

Bealtaine. Damals war sie noch ein kleines Kind gewesen. Später hatte die Äbtissin sie unterwiesen, statt dessen »Maitag« oder »Tag unserer lieben Jungfrau« zu sagen, denn aus der Götzenfeier war nun das Fest der Jungfrau Maria geworden,

und das heidnische Brauchtum sollte abgelegt werden. Aber sie konnte sich noch gut daran erinnern, wie sie neben ihrer Mutter stand, als sie gelbe Schlüsselblumen auf die Türschwelle zu ihres Vaters Schlafkammer streute. Dessen rechtmäßige Frau versetzte ihr auf dem Weg ins Ehebett einen Fußtritt: »Abergläubische Heidin.«

Birgit hatte geweint, und ihre Mutter hatte eilig die Blumen zusammengerafft und in ihrer Schürze geborgen. »Kann sie tatsächlich wünschen, daß er in dieser Nacht nicht gegen Unheil gefeit ist?« hatte Birgit gefragt.

»Ruhig, mein Kind. Jetzt tut sie zwar stolz, aber morgen wird sie sehr früh von ihrem Lager aufstehen, um als erste Wasser aus der Quelle zu schöpfen. Komm jetzt, wir wollen nachsehen, ob das Feuer auch wirklich ganz ausgegangen ist, damit keiner, der einen bösen Zauber ausüben will, eine Kohle stehlen kann.«

So waren die Leibeigenen und Diener nun einmal, brachte man Birgit später bei. Ihre Mutter war nicht mehr am Leben und konnte folglich der Äbtissin nicht widersprechen. Aber nun atmete Birgit die kühle Luft ein, fühlte, wie ihr die Sonne Hände und Gesicht wärmte und spürte, wie die Insel unter ihren Füßen von magischer Kraft durchpulst wurde. In der Ferne hörte man das Rauschen des Flusses, und der Wind flüsterte in den Bäumen.

Fluß und Wind würden sie rächen. Als Geschenk zum Bealtainetag wollte sie eine Zauberformel über Halldor aussprechen. Eine einfache Zauberformel, die ihm Glück für die nächste Reise bringen sollte.

Wieder düsterer Stimmung, kam ihr der Gedanke: *Er wird sterben, und ich werde ihn nie wiedersehen.* Doch dann frohlockte sie: *Das Land und ich, mein ganzes Volk wird gerächt sein. Mögen die Schwachen barmherzig sein. Und die Schwachen zugrunde gehen.*

Es war nicht nötig, Blumen zu pflücken, um sie auf die Türschwelle zu streuen, oder einen Maienstrauß zusammenzustekken; heute nacht brauchte sie kein Unheil abzuwehren. Tagsüber würde sie am besten ihren Pflichten nachgehen wie gewöhnlich, um keinen Verdacht zu erregen.

Wieder saß sie an Ranulfs Krankenbett. Beim Essen brauchte er nur noch wenig Hilfe. Er war auch kräftiger geworden, so daß man ihn nicht mehr wie einen Säugling an- und ausziehen mußte. Der Genesungsprozeß verlief schneller als erwartet. Übermorgen würde ihm das nicht viel nützen. Sie wehrte seine Fragen nach Christus ab; warum hatte sie sich jemals um sein Seelenheil gesorgt? Nachdem sie eilig ihre Aufgaben erfüllt hatte, verließ sie den Raum.

Zur Schreibstube zog sie nichts mehr. Das Lernen gehörte jetzt ihrem früheren Leben an. Sie sehnte die Dunkelheit herbei. Halldor war bei den Männern, um das Beutegut zu sichten und zu verstauen. Sie konnte unbehelligt ins Zelt zurückkehren. Ihr war kalt.

Sie schnürte die Zeltklappe auf. Da, auf dem Bett, lagen ein blaues Gewand, ein scharlachroter Mantel und ein juwelenbesetzter Gürtel. Es war Frauenkleidung – Halldor mußte sie gebracht haben. Aber als sie über den dicken, weichen Stoff strich, mußte sie daran denken, wie er ihn erworben hatte. Doch das war jetzt egal, sie fror. Sie legte ihr Nonnengewand ab und schlüpfte in die Kleider. Die dicke Wolle wärmte ihre Haut. Als sie nicht mehr vor Kälte zitterte, kämmte sie ihr Haar. In ein paar Monaten würde es wieder lang genug sein, um Bänder hineinzuflechten, wenn sie dann noch lebte.

Am Spätnachmittag kam ein frischer Wind auf und zerstreute den Nebel. Die Männer breiteten Umhänge und Bettzeug zum Trocknen aus. Ihre Stimmung wurde festlich. Es war nun an der Zeit, ihre Ausrüstung und Gerätschaften einzuladen und alles für die Abfahrt vorzubereiten. Morgen würden sie sich einschiffen und an der Küste entlangsegeln.

Sie hatten so viele Essensvorräte, daß sie nicht einmal alles mitnehmen konnten. Warum also nicht eine Abschiedsfeier veranstalten? Sie konnten sich sowieso überall wieder neu verproviantieren, wo sie an Land gingen. Die Gegend war wohlhabend und der Sommer jung.

In der Abenddämmerung waren die Sklaven mit der Zubereitung des Festmahls beschäftigt. Das rötliche Licht des Feuers spiegelte sich in den Armreifen und Halsketten der Männer wider – *gestohlenes Gold* –, und Wein und Bier flossen in Strömen.

Birgit suchte die Nähe der bedienenden Frauen, obwohl diese sie abweisend anstarrten und sich leise unfreundliche Kommentare zuraunten. Man hatte nur die Jungen und Hübschen mitgenommen. Sie erriet das Schicksal der Gebrechlichen und Schwangeren. Ohne mit den Frauen gesprochen zu haben, wendete sie sich ab und ging zu Halldor, um ihm die Mahlzeit aufzutragen.

Er lächelte, als er sie erblickte. »Birgit! Nimm dir eine Schale und setz dich hier neben mich!«

»Wenn du es wünschst, mein Herr«, sagte sie. Und so saß sie in dieser Nacht neben ihm und lächelte, auch wenn die Wikinger vor Staunen mit offenen Mäulern gafften und die irischen Frauen verächtliche Gesten in ihre Richtung machten. *Ich darf mich durch nichts verraten.*

Sie reichte Halldor einen vierhenkligen Silberpokal. Er ergriff ihn an zwei Henkeln und trank in vollen Zügen, dann reichte er ihn Birgit zurück. Er zwinkerte mit den Augen, und sie lächelte ihm über den Rand des Pokals hinweg zu, als sie den Weinbecher ansetzte und trank.

Einer der Männer packte eins der Mädchen und stieß es vor den anderen zu Boden; instinktiv rückte Birgit näher an Halldor heran. Er blickte sie beunruhigt an und fragte sich insgeheim, ob sie den Zwischenfall wohl übel vermerken werde. Birgit legte ihren Kopf auf seine Schulter. *Er soll denken, daß mir der Wein zu Kopfe gestiegen ist.*

»Du hast lange Zeit auf dieser Insel geweilt, Herr«, sagte sie, sorgfältig ihre Worte wählend, »und doch hast du kein einziges Mal ihre Geister geehrt.«

»Meinst du eure Heiligen?« Halldor hörte nur mit halbem Ohr zu. Das Weibsbild wehrte sich nicht schlecht.

»Nein, nein, nicht die Heiligen. Die Geister dieses Landes! Morgen ist Bealtaine, und du solltest dich schämen, keine Notiz davon zu nehmen.«

Jetzt griffen andere Männer ein. Halldor schüttelte den Kopf und sah Birgit an. »In ein, zwei Tagen sind wir fort von hier.«

Sie drängte sich noch enger an ihn. »Ah, aber diese Insel ist etwas Besonderes. Ist dir nicht aufgefallen, wie sie die Launen des Flusses lenkt? Es ist eine alte Sitte unter unseren Seeleuten, sie am Bealtainetag *tuathal* zu umsegeln, damit die Boote gesegnet werden und die Reise erfolgreich verläuft.«

Das stimmte nur zum Teil. Es war Sitte, *deisal*, mit der Sonne, zu segeln, um das Glück zu beschwören. *Tuathal* – gegen die Sonne – zu fahren, brachte Verderben, dunkle Taten und Unheil. Und überhaupt war es gefährlich, sich an Bealtaine aufs Wasser zu wagen.

Halldors Blicke ruhten mit forschender Neugier auf Birgits Gesicht. »Wirklich? Warum erzählst du mir das?«

Sie schmiegte sich zärtlich an ihn. »Du gehst auf große Fahrt, brichst zu neuen Abenteuern auf; sagtest du nicht, du wolltest mich mitnehmen, damit ich für deinen Sohn und die anderen Verwundeten sorgen kann? Wie könnte ich da wünschen, daß die Reise unter einem schlechten Stern beginnt?«

»Recht hast du«, antwortete Halldor. Er nagte eine Keule ab und warf den Knochen ins Feuer.

Er glaubt mir nicht ganz. Er ist kein Narr. »Früher war es mir egal, was geschah«, begann sie wieder. »Was war der Unterschied, ob ich lebte oder starb? Aber nun . . . –« Sie lächelte ihn an und legte beide Hände schützend auf ihren Bauch.

Er zuckte mit den Achseln. »Ich habe niemals Angst vor bösen Geistern gehabt, wo ich auch hingefahren bin.« Nachdenklicher fuhr er fort: »Nun ja, dies sind irische Gewässer, und wenn selbst du, eine Christin, mich so ernsthaft warnst –« Er straffte sich, und ein schlaues Lächeln glitt über sein Gesicht. »Immerhin, es kann der Moral der Männer nicht schaden, wenn sie erfahren, daß wir unser Bestes tun, um die hiesigen Geister zu beschwichtigen. Gut, ich frage die beiden anderen Schiffsführer, was sie dazu meinen. Inzwischen tust du gut daran, zu Bett zu gehen, Birgit. Wir werden morgen auf jeden Fall früh aufstehen müssen. Dem Himmel nach zu urteilen, sollte das Wetter eigentlich schön werden. Und bei der unbeständigen Witterung hier in Irland ist es ratsam, die erste sich bietende Gelegenheit zur Abfahrt zu nutzen!«

Ja, so ist es gut, segele nur so bald wie möglich los, schoß es Birgit durch den Kopf. *Das soll der letzte Tag werden, den du lebendig begrüßt.* Sie wünschte ihm freundlich gute Nacht und ging. Vom Zelteingang aus beobachtete sie, wie er seine beiden Kollegen rufen ließ, um ihnen – das nahm sie jedenfalls an – die Lage zu erklären. Sie bemerkte, daß einer – Egil, Kapitän der

Reginleif – eine Frage stellte. Halldor antwortete fröhlich, und alle drei brachen in übermütiges Gelächter aus. Schließlich nickten sie ihm zu, gaben ihm einen kameradschaftlichen Schlag auf den Rücken und gingen wieder davon.

Als Halldor sie in der Nacht aufsuchte, täuschte Birgit Wärme vor; aber im Inneren war sie wie Eis. Als er endlich schlief, starrte sie reglos in die Dunkelheit. Von Zeit zu Zeit erhob sie sich vorsichtig, um das Feuer zu schüren. Heute nacht durfte es nicht ausgehen, sie hatte noch Verwendung dafür.

Der Himmel im Osten wurde langsam heller, und die ersten Vögel erwachten. Birgit betrachtete den schlafenden Halldor. Er wirkte friedlich, auf seinen Lippen lag ein leichtes Lächeln, und die wettergegerbte, rauhe Haut war vom Schlummer geglättet. Behutsam erhob sie sich von ihrem Lager und kleidete sich in der Morgenkühle an. Die Kohlen glühten noch unter einem weißlichen Aschehaufen. Sie fachte die Glut wieder an, bis sie hellrot aufleuchtete, und hielt dann einen Ast hinein. Er fing sofort Feuer.

Sie stand auf. »Mit diesem Feuer nehme ich das Glück aus diesem Haus«, flüsterte sie und trat ins Freie. Eine leichte Brise wehte aus Westen, so daß sie die Flamme mit ihrem Umhang schützen mußte. Nichts regte sich, alle waren noch in ihren Zelten außer der Nachtwache; die Männer saßen schläfrig herum, schreckten kurz auf, als Birgit an ihnen vorbeiging, und dösten weiter. Es gab keinen Grund, warum Halldors Frau nicht zum Fluß hinuntergehen sollte.

Die Wellen leckten am Kiesstrand. Der klare Himmel schien ein gutes Vorzeichen für die geplante Fahrt zu sein. Birgit stand bis zu den Knöcheln im Wasser und starrte auf die zuckende Flamme. »In diesem Brand liegt das Glück von Halldors Haus und seiner ganzen Mannschaft beschlossen. Wenn das Feuer erlischt, werden auch sie enden.« Es zischte, als sie die Fackel ins Wasser tauchte. Sie zog einen verkohlten, nassen Ast wieder heraus. »So soll es geschehen.« Sie schleuderte das Holz fort und ging zum Zelt zurück.

Unterwegs bemerkte sie, daß das Gras von Tautropfen

schwer war. In ihrem Land war es Sitte, daß die jungen Mädchen den Maitau sammelten, um ihre Gesichter darin zu baden, denn es hieß, daß der Tau Schönheit verlieh. Aber für wen sollte Birgit noch schön sein? Ihre Füße hinterließen dunkle Abdrücke in dem feuchten Geglitzer.

Sie hatte Ranulf nicht bei Tagesanbruch besucht. Wenn man sie vermißte, könnte Halldor Verdacht schöpfen. Sie verweilte kurz am Klosterbrunnen und zog als erste an diesem Morgen einen Eimer Wasser hoch. »Und noch einmal Fluch über seine Sippe.«

Sie goß das Wasser auf den Boden. Nachdem sie den Eimer neu gefüllt hatte, kehrte sie zu Halldors Zelt zurück.

Er mußte gehört haben, wie sie hereinkam, denn er schlug die Augen auf. »Du bist früh auf, Birgit. Es ist ja noch kaum hell.«

»An Bealtaine«, erklärte sie, »bringt es Glück, das erste Wasser aus dem Brunnen zu schöpfen. Nimm einen Trunk davon.« Sie tauchte eine Tasse in den Eimer und reichte sie ihm.

Er trank gierig. »Ah, danke.« Dann hob er eine Braue: »Diese ganzen Vorkehrungen – das erste Wasser aus dem Brunnen, das Umsegeln der Insel –, hast du das eigentlich aus Büchern gelernt?«

Birgit schüttelte den Kopf. »Nichts davon ist niedergeschrieben.«

»Hm – tja. Ich wage zu behaupten, daß deine Geistlichen all das, was Menschen tun, um sich mit den Elfen gutzustellen, als Aberglauben belächeln und abtun würden. Doch ich bin davon überzeugt, daß viel alte Weisheit darin liegt, und außerdem schadet es ja niemand. Für uns, die wir den Weißen Christus zum Gegner haben, ist es besonders wichtig, daß du uns von den Zauberbräuchen deiner Heimat erzählt hast. Ich bin dir dankbar dafür, Birgit.« Er lachte. »Komm und wärme dich auf.«

Der Gedanke erfüllte sie mit Abscheu. »Wir haben keine Zeit mehr. Du sagtest, es sei am besten, so früh wie möglich abzusegeln.«

»Wir haben Zeit.« Er zog sie an sich. Sie gab vor, Lust zu empfinden. Innerlich schauderte ihr aber vor ihm. In wenigen

Stunden würden die Arme, die sie jetzt umschlangen, kalt und leblos sein.

Die Mannschaften drängten sich am Strand. Nur einmal rund um die Insel? Das war keine schwere Aufgabe für sie. Danach konnten sie den Rest des Tages letzten Reisevorbereitungen widmen. Wenn ihnen dieser fremde Zauber später nützlich wäre, nun, um so besser! Wind und Wellen waren stets launische Gesellen, und es zahlte sich aus, sie zu besänftigen.

Birgit hielt sich mit Bedacht von der Unterkunft der Gefangenen fern und hoffte, daß keiner sie verriete. Sicher ahnten sie ihr Vorhaben.

»Du kommst doch mit uns, Birgit?« fragte Halldor. »Nun geht es also endlich auf die Reise.«

Sie schüttelte verneinend den Kopf. »Ich scheue heute die

Bootsfahrt über die Wellen, denn ich fühle mich nicht wohl.« Mit einer Hand an der Stirn schwankte sie leicht, als sei sie einer Ohnmacht nahe. »Es würde mir nicht bekommen. Bald genug *muß* ich ja reisen.« Halldor streckte eine Hand aus, um sie zu stützen. »Ich schaue vom Ufer aus zu«, sagte sie. »So kannst du ungestört die Leitung über Schiffsführer und Mannschaften in die Hände nehmen. Du führst den Oberbefehl und trägst die Verantwortung – darum wird der größte Anteil am Schlachtenglück dein sein.«

Die Schiffe wurden nun schnell in tieferes Wasser gezogen. Die gestreiften Segel blähten sich fröhlich im Wind. *Tuathal* um die Insel zu segeln verlangte bei den herrschenden umspringenden Winden kein geringes seemännisches Können, aber die Mannschaften waren ausgezeichnet ausgebildet. Lachend gingen sie mit gesetzten Segeln und kräftigem Ruderschlag auf Fahrt.

Birgit sah ihnen nach und wartete atemlos auf ihren Untergang.

Zuerst hielten sie gut vom Ufer ab, und sie erinnerte sich, daß Halldor ihr gesagt hatte, er versuche immer, möglichst viel Seeraum zu gewinnen. Natürlich befand er sich hier nicht auf See, wo er eigentlich hingehörte – *Ach Gott, hätte er doch nie das Meer verlassen, zu seinem eigenen Frommen. Aber ich bin nicht mehr Gottes treue Magd. Nicht* jenes *Gottes zumindest. Und ich bin auch nicht länger Halldors Geliebte.*

Je weiter er sich von dem öden Scattery entfernte, um so näher kam er dem Festland, welches in üppigem Grün friedlich vor ihm lag. Nun holte der *Seebär* über. In seinem Kielwasser führten *Hai* und *Reginleif* dasselbe Manöver aus, wenn auch nicht ganz so mühelos wie das Führerschiff. Nun ja, ihre Mannschaften waren weniger geschickt als die des Seebären.

Jedenfalls benötigten die Steuerleute all ihr Können. Obwohl sie zu Beginn ihrer Rundreise mit der Strömung fuhren, drehten die bisher so günstigen Winde allmählich und frischten auch etwas auf – im Rhythmus von Birgits Herzschlag, die auf einem Hügel am Ufer stand und ihre Blicke nicht vom Fluß abwandte. Sie sah, wie die Rahnock übergeholt und die Segel gestrichen wurden und wunderte sich, wie anmutig und

schnell die Drachen immer noch über das mittlerweile heftig bewegte Wasser tanzten.

Der große braune Strom hatte sich plötzlich mit weißen Schaumkrönchen bedeckt. Der Wind hatte die Fluten schneller aufgewühlt, als sie es je zuvor gesehen hatte, sicher auch schneller, als es Halldor jemals in seinem langen Leben auf See erlebt hatte. Der Wind heulte und sang lauter und lauter in ihren Ohren und zerrte mit eisigen Fingern an ihrem Gewand, als wolle er sie vergewaltigen. Nun drehte er immer weiter nach West, als hätte er sich vorgenommen, den Shannon in seinem Bett aufzustauen, um Insel und Festland gleichermaßen zu überfluten. Noch stand Birgit im Sonnenschein, aber der Himmel hatte eine fahle Färbung angenommen. Die Sonne begann, im aufziehenden Dunst zu verschwimmen, und am westlichen Horizont türmte sich eine bedrohliche Mauer aus blauschwarzen Wolken auf, die unterm Zusehen wuchs und immer gewaltiger wurde. Blitze zuckten daraus hervor, tausendmal heller als die Flammen eines heftig lodernden Herdfeuers. Donner rollte weit über das Land. Er klang wie das Räderrollen einer unermeßlichen großen Kutsche. *Aber der Gebieter dieses Sturms heißt nicht Thor. Mananaan Mac Lir ist es, der nun seinen Zorn zeigt.*

Der erste Regenschauer traf Birgits Gesicht. Sie lächelte hämisch. *Diesen Sturm hat Halldor, der Wetterweise, nicht vorhergesehen.*

Sie mußte blinzeln und die Augen mit den Händen schirmen, um die Schiffe noch auszumachen. Während ihre Gedanken ungeordnet auf sie einstürmten, hatten die Drachen ein erstaunliches Stück Weg zurückgelegt. Sie schickten sich bereits an, das Kap der Insel zu umrunden und sahen in der Ferne aus wie Spielzeugboote.

(Eine Sekunde lang durchfuhr sie die Frage, ob Halldor wohl Holzschiffe für Ranulf geschnitzt hatte, als dieser klein war. Sicher hatte er das getan!)

Die Ungläubigen würden es bestimmt als Schande ansehen – und auch als schlechtes Omen –, vor einer bloßen Bö die Flucht zu ergreifen. Sie konnte erkennen, wie die Schiffe mühsam stampften und ihre Rümpfe tief in die Wellen tauchten. Die

fröhlichen bunten Segel waren unterdes eingeholt worden. Spinnwebdünn bewegten sich die Ruder in der gischtenden See. Es war noch nicht lange her, daß Halldor versucht hatte, eines seiner Gedichte für Birgit ins Gälische zu übersetzen. Darin sprach er von seinem Schiff als dem »vielfüßigen Drachen des Schwanenteichs«.

Birgit starrte angestrengt nach Westen. Von dort würde die Rache kommen. Der halbe Himmel war nun schon tiefschwarz verhangen, und immer weiter breiteten sich die verderbenbringenden Gewitterwolken aus. Bleiernes Licht sickerte durch die düstere Wolkendecke und tauchte alles in unheimliches Halbdunkel. Grelle Blitze fuhren über den Himmel, blendeten ihre Augen und hinterließen blauweiße Bilder auf der Netzhaut. Aber als das Ding auftauchte, wußte sie sofort Bescheid.

Einen Augenblick lang schüttelte sie unsägliches Grauen. Sie

hatte nicht darüber nachgedacht, welche Gestalt der Zorn des Landes wohl annehmen würde. Es hatte ihr genügt, daß ihre Namenspatronin, die Göttin, aus der die Christen versucht hatten, eine Heilige zu machen, die Rache zugesagt und feierlich versprochen hatte. Vielleicht würde Lugh mit der Langen Hand auf seiner Karrosse in all seiner düsteren Pracht einhergerollt kommen, den schrecklichen Speer hoch erhoben. Vielleicht würde auch Morgana an der Spitze ihrer kreischenden Hexenschar auf dem Wind herbeireiten –

Was vom Meer her auf die Boote zuschwamm, war länger als irgendein Schiffsrumpf. Schaum brodelte um die schlangenhaften Windungen seines schuppigen Leibs, und das zuckende Licht der Blitze beleuchtete jäh seine pechschwarzen Umrisse. Hoch wie ein geschnitzter Drachenkopf am Bug der Wikingerboote dräute das spitz zulaufende Maul, aus dem geifernd die lange Zunge hervorschoß, und die kleinen Reptilaugen glitzerten bösartig. Nun riß das Monster seinen gähnenden Rachen auf, und gegen den dunklen Hintergrund des Schlunds konnte Birgit erkennen, daß Elmsfeuer zwischen den Zähnen zuckten, die vom Sturm weggerissen und ausgelöscht wurden.

Sie wußte Bescheid. *Dies war St. Senans Insel, von der er einst das Seeungeheuer vertrieben und die er durch seine Gebete geheiligt hatte. Aber sein Werk war unvollendet geblieben, der letzte der Eingeweihten hatte Christus abgeschworen, die Alten regten sich wieder, und Cata, die Schreckliche, kehrte heim.*

Diese Ungläubigen zumindest würden Birgits Heimat nicht mehr verheeren und brandschatzen. Freude durchströmte sie, die festliche Schlachtenfreude Cuchulains. Hoch erhob sie die Arme und schrie in den Wind: »Willkommen, Cata! Ich entbiete dir hunderttausendmal den Willkommensgruß!«

Die Luft kochte und brüllte. Die Finsternis war noch undurchdringlicher geworden, bis auf das fahle Feuer, das zwischen den schwarzen Wolken zuckte. Der Donner schien aus dem Inneren von Birgits Schädel zu dröhnen, pfeilgleich traf sie der Regen, und sie konnte nicht länger erkennen, was auf dem Wasser geschah.

XI

Halldor war zunächst nicht beunruhigt gewesen, höchstens etwas verärgert. Dieses verfluchte Wetter! Loki selbst schien es erzeugt zu haben. Alle Anzeichen waren so günstig gewesen. Nun, er hatte bereits zu viele seiner Launen erlebt, als daß ihn der plötzliche Wettersturz überrascht hätte. Solch eine unbeständige Bö konnte in der Zeit, die seine Männer benötigten, um die Insel zu umsegeln, kaum gefährlich werden. (Bei der kleinen Schwesterinsel mußte er allerdings aufpassen. Die enge Durchfahrt zwischen ihr und Scattery gegen Ende der glückverheißenden Umrundung würde recht gefährlich werden, und man konnte leicht in Versuchung geraten, zwischen Festland und winzigem Eiland noch ein Stückchen weiter nordwärts zu segeln, um dessen Leeküste zu gewinnen.)

Dann wuchs der Sturm schneller an, als Odins achtbeiniges Pferd in den Nächten der Wilden Jagd galoppierte. Die Segel schlugen den Männern, die sie reffen und bergen wollten, um die Ohren, und lose Tauenden, die mit der Wucht einer Peitsche trafen, verursachten blutige Wunden. Düsternis und Blitze überzogen aus dem Westen kommend den ganzen Himmel. Der Wind tobte, zerrte und riß derart stark an der Takelage, daß der *Seebär* ums Haar Breitseite bekommen hätte. Im letzten Moment bewahrten die Ruderer das Boot vor dem Kentern, indem sie sich auf scharfe Kommandoworte Halldors hin, der das Ruder mit seinen schwieligen Seemannshänden bändigte, mit aller Kraft in die Riemen legten.

Das Krachen des Donners, das Heulen des Sturms und das Tosen des Wassers betäubten ihn beinahe, doch damit konnte er es noch aufnehmen, er hatte ja eine erfahrene Mannschaft, auf die Verlaß war. Schlimmer war, daß er sich auf fremdem

Gewässer befand. Dies war nicht das Nordmeer, dessen Tükken er in- und auswendig kannte. Die weißen Schaumkronen tanzten auf Wellen, von denen nicht zwei in die gleiche Richtung liefen, im vom Sturm aufgewühlten Fluß mit seinem unebenen Bett entstanden tückische Strömungen, Wellen kamen quer und von achtern, brachen sich, erzeugten Strudel und Stöße, wie sie sein Schiff noch nie zuvor hatte aushalten müssen.

Durch Hagel und Regen, die um ihn tobten, spähte er nach der *Reginleif* und dem *Hai* aus. Die beiden Boote schlingerten schwer und drohten vollzulaufen. Ihre Masten, die man nicht mehr rechtzeitig hatte kappen können, schwankten wie betrunkene Finger vor dem unheimlichen Himmel und zeichneten sich manchmal unwirklich gegen die Waldungen des Festlandes ab, wenn ein Blitz sie grellweiß aus der Düsternis riß. Die

Wimpel an den Mastspitzen waren von dem heulenden Sturm abgerissen worden.

Die Schiffe mußten sich unbedingt eine Zuflucht suchen, sonst würden sie sehr bald leckschlagen. Halldor schaute angestrengt zum Land hinüber. In dem Unwetter konnte er es nur schemenhaft ausmachen, aber was er sah, schien ihm jedenfalls kein einladender Ankerplatz zu sein. Im fahlen Licht der Blitze zeichnete sich ein schilfiges, morastiges Ufer ab, an dem ein Schiff im Nu auf Grund laufen und dann von dem Orkan in Stücke geschlagen werden konnte. Am sichersten war es noch, Scattery anzulaufen. Halldor beschloß, zum Südende der Insel zurückzukehren, weitab vom kleinen Hog Island, das sich jetzt in eine tödliche Falle verwandelt hatte, und dann an der Ostküste entlangzusegeln, wo der Sturm vermutlich etwas schwächer blies. Auf diese Weise gelang es ihnen vielleicht, ihren Ausgangshafen zu erreichen. Möglicherweise würden sie auch draußen vor Anker gehen müssen, bis der Sturm sich etwas gelegt hatte.

Auf jeden Fall würden sie also die Umrundung vollenden, die ihnen Birgit zufolge hatte Glück bringen sollen. Halldor lachte plötzlich grimmig auf und erteilte seine Befehle mit neuem Mut. Sigurd und Egil beobachteten seine Manöver von ihren Fahrzeugen aus und taten es ihm nach.

Gute Seemannschaft war nötig, um das Drachenboot zu wenden, ohne daß es von den entfesselten Elementen zum Kentern gebracht wurde. Halldor hielt das Steuerruder nur noch mit der rechten Hand, um seinen Ruderern mit der Linken Anweisungen geben zu können.

Dann tauchte aus der tobenden Gischt das Monster auf.

Die Midgardschlange, durchfuhr es Halldor. *Das Übel dieser Welt ist auf uns losgelassen, und die Götter selbst müssen sterben.* Von Regen und Blitzen umtost, schien sich der mächtige Kopf des Ungeheuers bis in den Himmel zu erheben, der gewundene schwarze Schuppenleib die See bis in ihre tiefsten Tiefen aufzuwühlen. Und der Sturm – war das wirklich Thor, der in seinen letzten Kampf zog, um zu töten und getötet zu werden?

Ein gewaltiger Blitz erhellte den halben Himmel und zeichnete die Umrisse des Drachens in bläulichweißem Licht gegen

das windgepeitschte, baumbestandene Ufer. Halldors erfahrene Seemannsaugen nahmen das gräßliche Bild in sich auf. Nein, dieser Leviathan konnte unmöglich auf dem Meeresgrund gelegen und die Erde wie einen Gürtel umschlungen haben – und kein dreijähriger Fimbulwinter hatte sein Erscheinen angekündigt, obwohl der heutige Tag ganz und gar der Axtzeit, der Schwertzeit, der Wind- und Wolfzeit zu gleichen schien, die dem Ende der Welt vorausgehen würden, wie das alte Weib geweissagt hatte . . .

Nun, das Schlangending dort drüben war zwar größer als jedes von Menschenhand gebaute Schiff und sicher viele Tonnen schwerer – aber weiter hatte es nichts auf sich mit ihm.

Egal. Es konnte ihn und seine Männer so endgültig töten, als ob es tatsächlich der Midgardswurm wäre und das Ende aller Tage angebrochen wäre.

Es hielt geradewegs auf den *Seebären* zu, wenn auch nicht sehr schnell. Ein Hoffnungsschimmer keimte in Halldor auf. Vielleicht konnten die Männer der Seeschlange davonrudern, und vielleicht war sie ans feuchte Element gebunden und vermochte ihnen nicht an Land zu folgen. Man mußte es zumindest versuchen.

Immer noch ballte sich die Furcht in Halldor wie ein Eisklumpen zusammen, denn es war nicht leicht, einem leibhaftigen Troll ins Auge zu schauen – und welche mächtigen Kräfte hatten wohl diesen hier losgelassen? Aber es gelang ihm, seine Ängste im Zaum zu halten und kühl und fest über das nachzudenken, was als nächstes zu tun war.

Der Ausguck am Bug hatte dasselbe gesehen wie sein Kapitän und taumelte vor Entsetzen laut aufschreiend zurück. Er stürzte vom Vorderdeck hinunter und fiel zwischen die Bänke. Die Ruderer kamen aus dem Takt, das Schiff verlor Fahrt.

»Rudert, ihr Hunde!« brüllte Halldor. Seine Kehle schmerzte vor Anstrengung. »Rudert, bei Thor!« – *rudert, wenn euch euer Leben lieb ist,* setzte eine innere Stimme flüsternd hinzu.

Als seine Männer ihn hörten und sahen, wie er hochaufgerichtet am Ruder stand, um Befehle zu erteilen, ergriff sie neuer Mut, und sie legten sich mit Macht in die Riemen.

Nicht einmal, als das Schiff wendete und jeder das Untier

deutlich erkennen konnte, wurden sie schwach. Sämtliche Farben des Regenbogens spielten auf den Schuppen des Lindwurms, und sie hörten sein infernalisches Fauchen über dem Geheul des Windes und dem Prasseln des Regens. Aber sie brachten das Drachenboot glücklich herum und peitschten das Wasser mit ihren Rudern auf, als sie sich nun stromaufwärts zurückkämpften.

Die Strömung war jetzt zwar gegen sie, der Sturm aber mit ihnen. Einen Augenblick lang glaubte Halldor, sie könnten es sich erlauben, wieder Segel zu setzen. Aber nein, dieses Wasser war viel zu tückisch, die Fahrrinne zu schmal, und wer auch immer diesen Orkan heraufbeschworen hatte, der konnte ihn lenken, wie und wohin es ihm beliebte. Letzten Endes blieb einem Mann nichts anderes, als auf seine eigene Kraft zu vertrauen.

Halldor stimmte das alte Schlachtlied an: »Thor hilf uns, oh Thor, oh Odin –«. Seine Männer fielen ein, nicht laut, um Atem zu sparen, aber sie ließen sich von seinem Rhythmus durchdringen, der ihnen den Takt ihrer Ruderschläge vorgab.

Halldor blickte nach Steuerbord und sah, daß die *Reginleif* ebenfalls auf Scattery zuhielt. Wo aber blieb der *Hai*? Jäher Schrecken malte sich auf den Gesichtern seiner Männer; mit einem Ruck wandte er den Kopf, um nach achtern zu blicken.

Er schrie auf. Der *Hai* hatte sich in der hochgehenden See als zu unbeholfen erwiesen und war durch die Gewalt des Windes und der Strömung voll Wasser geschlagen, als er die Drehung kaum halb ausgeführt hatte. Diejenigen an Bord, die nicht ruderten, schöpften wie die Wilden, aber das Schiff rollte beängstigend träge auf den Wellen. Der Wurm hatte seine Richtung geändert und hielt nun auf das Boot der Wikinger zu. Jetzt hatte er es erreicht.

Der vordere Teil seines monströsen Leibs erhob sich bedrohlich aus dem Wasser, sein schwankender Kopf pendelte furchteinflößend über dem Achtersteven. Einer der Männer ließ seinen Schöpfeimer fallen und schwang beherzt einen Speer gegen das Untier. Dessen Reptilhaupt schoß mit weit geöffnetem Rachen vor. Obwohl ihm der Regen ins Gesicht klatschte, glaubte Halldor erkannt zu haben, daß der Fangzahn von der Länge eines Unterarms dem Seemann zwar durchs Hemd gedrungen war, ihn aber nur leicht verwundet hatte. Doch der Mann ließ seine Waffe fahren, griff nach seinem Bauch und stürzte leblos zu Boden. Gift. –

Der Schädel zog sich zurück. Dann schnappten die scheußlichen Kiefer wieder zu. Sie schlossen sich um den Rudergänger – den Kapitän. Halldor konnte seine zerfetzten Glieder deutlich erkennen, als die Schlange ihren Nacken hoch emporwölbte. Blut sprudelte hervor und vermischte sich schäumend mit dem Fluß. Schließlich war nichts mehr von Sigurd zu sehen, die Schlange hatte ihn mit Haut und Haaren verschlungen. Sigurd Tryggvason, sein Freund auf dieser Fahrt – Futter für einen Troll.

Hilflos trieb der *Hai* auf dem Wasser. Einige Besatzungsmitglieder sprangen über Bord, andere griffen nach Waffen und

Rüstung. Es machte keinen Unterschied. Die Schlange bekam sie so oder so. Eisen richtete gegen den Schuppenpanzer des Ungeheuers nichts aus.

Nachdem es vier oder fünf Leute getötet hatte, griff es das Schiff selbst an. Das gewaltige Maul schloß sich krachend, der Riesenleib peitschte die Fluten. Der Mast brach, der geschnitzte Drachenkopf wurde von der Strömung davongetragen, Spanten und Spieren fielen ins brodelnde Wasser. Sigurds stolzes Schiff war nur noch Treibgut, das den Fluß hinunterschwamm.

Das Untier ging nun wieder auf Jagd, tötete die Schwimmer mit Bissen und Schlägen seines Hinterleibs. Aber es fraß keine mehr auf. Sein erster Hunger war wohl gestillt. Später würde es einen großen Nahrungsvorrat haben.

Als es auch den letzten Mann des *Hai* erreicht und getötet

hatte, wandte es sich wieder stromaufwärts, um die restlichen Wikinger zu verfolgen.

Halldor hatte nur hier und da einen kurzen Blick auf die Szene des Unheils werfen können, denn er mußte all seine Aufmerksamkeit auf die ständig wechselnden Kräfte des Windes und der Wellen richten, um den *Seebär* sicher auf Kurs zu halten. Als das Schicksal des *Hai* endgültig besiegelt war, lag Scattery schon dicht voraus.

Er änderte seinen Plan betreffs ihrer weiteren Route. Die nördliche Passage war schwierig, aber die geringere Strömung zwischen dem Festland und der kleinen Insel war für seine erschöpften Männer von Vorteil. Auf diesem Weg würden sie auch schneller die Bucht erreichen, in der sie sicher vor Anker gehen konnten. Das Boot über den aufgewühlten Fluß zu diesem Engpaß hinzunavigieren, erforderte Halldors ganzes Können. Egil auf der *Reginleif* wollte es ihm gleichtun, doch das Manöver mißlang. Sein Schiff fiel weit nach achtern ab. Die Schlange näherte sich indessen bedenklich, und es war bald offensichtlich, daß er ihr nicht mehr entrinnen konnte.

Über Sturzseen und peitschenden Hagelregen hinweg winkte Egil Halldor zu. Halldor konnte nicht hören, was er rief, der Sturm verwehte seine Worte. Aber Egils Besatzung mußte ihn verstanden haben, denn sie legte sich wie ein Mann in die Riemen, und die *Reginleif* kam schnell und elegant herum. Wie ein von der Faust eines Riesen geschleuderter Speer schoß sie nun flußabwärts, um ihren Gegner zu stellen.

Sie rammte den massigen Leib des Ungeheuers genau in der Mitte und legte sich dann längsseits. Schwerter, Äxte und Speere blitzten über der Reling. Doch die Schlange war unverletzt geblieben und senkte nun ihren gewaltigen Schädel, um Ernte unter den Wikingern zu halten. Danach zerstörte sie den Schiffskörper und alles, was sich noch im Wasser bewegte. »Aber ihr fandet ein würdiges Ende, Egil, du und deine Mannen«, sagte Halldor leise. Auch hatten sie den Troll von ihm und seinem Schiff abgelenkt, während er die nördliche Spitze umrundete und auf den Hafen zuhielt. Vielleicht war Egil mit der Hoffnung gestorben, daß Halldor durchkommen möge, um zu Hause seine Saga zu erzählen.

©RUSTIN - 1979

Steuerbord kam nun der düstere Umriß des Rundturms in Sicht, von Gischt und stahlgrauem Regen gepeitscht und manchmal von Blitzen grell beleuchtet. Und da war auch das Monster, das auf der Verfolgung seiner flüchtigen Beute blutrünstig durch den Fluß schäumte. »Wir haben es beinahe geschafft«, sagte Halldor leise zu sich selbst, und dann brüllte er, so laut er konnte: »Rudert, Männer, rudert um euer Leben! Thrandheim wartet auf uns!«

Die Bucht kam näher, der Strand – und dahinter die Mönchshütten. Ranulf lag in einer von ihnen, und auch Birgit harrte dort aus. Hatte sie den Wurm herbeigezaubert? Sie war keine gewöhnliche Frau, und sie hatte vielerlei Gründe, um sich zu rächen. Aber weiter! Treibt den *Seebär* über die Untiefen, bis sein Kiel festen Boden berührt! Springt ins Wasser und zieht ihn höher an Land, während Thors Hammer feurig zuschlägt und seine Ziegen den grollenden Donnerwagen über den Himmel ziehen!

Männer wankten an das einst trockene Land, auf dem nun das Regenwasser Bäche gebildet hatte, die gurgelnd um ihre Füße schossen. Halldor beaufsichtigte das Vertäuen des Schiffs. Wenn sie auch noch das letzte der drei Drachenboote verloren, waren sie so oder so zum Untergang verdammt. Jetzt aber hatten sie noch die Hoffnung, daß sich die Schlange, falls sie nicht an Land kommen könnte, auch nicht in das flache Wasser wagen würde, in dem der *Seebär* lag.

Plötzlich fiel Halldor ein, daß er beim Verlassen des Schiffs vergessen hatte, seine Streitaxt mitzunehmen. Statt dessen hatte er ganz automatisch seinen Hammer ergriffen, den er nach vollzogenem Opfer auf dem Vorderdeck verstaut hatte. Um so besser; bei dem Kampf, der ihm nun bevorstand, konnte ihm keine von Menschenhand geschmiedete Waffe behilflich sein. Das Werkzeug Thors des Donnerers aber hatte ihm auf seinen Fahrten bisher stets Glück gebracht.

Er hob den Hammer vom Boden auf, wo er ihn hingelegt hatte, um beide Hände für das Einholen einer Mooring freizuhaben. Das Gewicht stärkte auf seltsame Weise seinen Mut, flößte ihm Vertrauen ein. Er blickte auf den Fluß.

Suchend schwamm das Ungeheuer mit hoch erhobenem

Haupt in den schäumenden Fluten auf und ab. Das verlorene, bis auf die Haut durchnäßte Häuflein der Nordmänner drängte sich enger am Ufer zusammen, ergriff die vom Regen schlüpfrigen Waffen fester und erwartete ergeben sein Schicksal. Nun hatte das Untier sie erspäht. Langsam, als wolle es sie auf die Folter spannen, wendete es und hielt auf die Wikinger zu.

Halldor konnte nicht sagen, ob er sich das Knirschen des schuppigen Schlangenleibs auf dem Kies nur einbildete oder ob er es wirklich hörte. Doch er sah, daß der Gigant immer näher kam. Weiter und weiter schob sich der häßliche Rumpf des Leviathan aus dem Wasser. Jetzt war das Ding beim Schiff, und nun hatte es das Ufer erreicht.

Jemand brach in lautes Wehgeschrei aus. Ein anderer rannte davon. Plötzlich war die ganze Mannschaft in Bewegung, hastete nach links und rechts davon, flüchtete ins Innere der Insel. Halldor war allein. Die Schlange kam auf ihn zu.

XII

Gischt und windgetriebene Wellen peitschten das Eiland, und der Regen hatte Birgits Gewand in ein klammes Leichentuch verwandelt. Hagel prasselte ihr auf Gesicht und Hände. Sie blutete aus kleinen Wunden, achtete aber nicht darauf. Draußen auf dem Fluß tobte in blitzdurchzuckter Finsternis die Schlacht.

Der Himmel schien sich zu spalten und tauchte den Seedrachen in gleißendes Licht. Sein Nacken war gekrümmt, sein Kopf pendelte suchend hin und her. Ein anderer Blitz ließ einen gekappten Mast, einen zerstörten Schiffsrumpf und Männer erkennen, die über Bord sprangen. Dann herrschte wieder undurchdringliche Dunkelheit.

Als fahler Gewitterschein die Szenerie aufs neue beleuchtete, sah Birgit, daß die Schlacht näher gerückt war. Der Lindwurm bäumte sich auf, als er von einem Drachenboot gerammt wurde. Birgit ballte die Fäuste. Sie öffnete sie wieder, als sie die *Reginleif* erkannte. *Das war tapfer von ihnen. Mutig sind sie, die Lochlannach.*

Aber was ist mit Halldor? Und was werde ich empfinden, wenn er durch meinen Zauber tot auf dem Boden des Flusses liegt? Ein weiterer Blitz antwortete ihr: Der *Seebär* hatte den schützenden Hafen erreicht. Angestrengt durch die Düsternis spähend sah sie, wie die Männer das Schiff an Land zogen und vernahm trotz des heulenden Sturms das Knirschen des hölzernen Kiels auf dem Kies der Böschung. *Ah . . . er lebt also noch, und der Kampf wird an Land fortgesetzt.*

Das Geräusch von Schritten, Rufe, Schreie, Gestolper drangen an ihr Ohr – und hinter alledem ein unheimliches Zischen und Gleiten. Frühes Zwielicht sickerte durch die Wolkenfetzen

und Birgit sah: Das Ding war beinahe so breit, wie sie selbst groß war und schien sich in der Länge unendlich auszudehnen. Gewaltige Kraft strahlte von dem glänzend schwarzen, schuppigen Reptil aus, als es sich die abschüssige Uferböschung hochschlängelte.

Die Mannschaft des *Seebären* war in alle Winde zerstreut. Nur Halldor hielt stand. Mit hocherhobenem, leicht schwankendem Haupt hielt das Ungeheuer einen Augenblick inne, als ob es überlegte, wen es sich als nächstes Opfer auswählen sollte, dann schnellte sein Kopf auf einen flüchtenden Mann zu. Gleich darauf zog es sich wieder abwartend zurück, aber der Mann lag bereits tot am Boden, von einem der armlangen Fangzähne durchbohrt. Er war einer von Ranulfs Kumpanen gewesen. Bewegungslos lag er da, und die anderen stoben in alle Richtungen davon. Genießerisch packte das Tier seine Beute und schlang sie ganz hinunter. Dann hob es sein Haupt und schaute sich um. Der starre Blick seiner lidlosen Augen heftete sich auf Halldor.

Ganz alleine dem Sturm trotzend, erschien Halldor auf absurde Weise klein. Der gewundene Riesenleib der Kreatur glitt über den Boden langsam auf ihn zu. Als der Wurm sich dicht an Birgit vorbeiwälzte, sah sie, daß er ganz mit handtellergroßen Schuppen besetzt war. Seine gezackte Rückenlinie war zu hoch, als daß sie hätte darüber hinwegschauen können.

Das Ding war nun so nahe, daß ihr sein Gestank in die Nase stieg: es roch nach Moschus, Fäulnis und Tod. Sie wich zurück und preßte entsetzt eine Hand auf ihren Mund. »Die Schlange aus Eden«, stammelte sie voller Grauen. »Oh, mein Gott, was habe ich da nur heraufbeschworen?« Muskeln wölbten sich unter dem Schuppenpanzer, und sie wurde von der ekelhaften, glatten Oberfläche des Reptils gestreift. Schreiend ergriff sie die Flucht und rannte blindlings zum Lager.

Der Regen nahm ihr jede Sicht, oder waren es Tränen? Sie stolperte und stürzte zu Boden. Ihre Hände schürften über Kies – Schmerz durchzuckte sie und brachte sie wieder zur Besinnung. *Du Feigling. Du hast es herbeigerufen, und nun läufst du vor dem davon, was du selber angerichtet hast.*

Das Monster hatte sich von Halldor abgewendet und musterte Birgit, aus geschlitzten Pupillen unmenschlich glotzend. Die Zunge schoß hervor. Sein hoch aufgerichteter Kopf pendelte leicht, geifernd, gierig nach Beute suchend.

Es gelang Birgit, ihre Füße, die sich in ihr Gewand verwickelt hatten, freizubekommen. Sie wollte weiterfliehen, aber dann erinnerte sie sich: Als die Wikinger die Flucht ergriffen hatten, hatte Cata von hinten zugeschlagen, sich Opfer um Opfer auswählend. Wenn sie nun losliefe, erginge es ihr nicht besser: Das Ungeheuer würde sie packen und zermalmen. Birgit blieb darum reglos stehen und versuchte, nicht zu atmen.

Sie überlegte. Vor ihr lagen flache Wiesen und Felder, die keinerlei Schutz boten. Die nächste Zuflucht bildete Ranulfs Hütte und dahinter die Kapelle. Trotz des tobenden Sturms, der rasselnden Schuppen und des giftigen Fauchens des Lind-

wurms vernahm sie Schreie, Gebete und Beschwörungen, die aus dem kleinen Gotteshaus drangen. Das mußten die irischen Gefangenen sein, die hier vor den wütenden Elementen Schutz gesucht hatten. Und sie hatten gut gewählt. Die Steinmauern waren dick und mächtig, und schließlich war es doch – auch wenn die Ungläubigen es entweiht hatten – das Haus ihres Gottes.

Das Untier schlängelte sich näher. Es bewegte seinen langen Leib mit furchterregender Kraft und Geschmeidigkeit. Sein Bauchpanzer pflügte den weichen Boden des Friedhofs auf. Die alten Mönche waren nicht besonders tief begraben worden. Hinter der Schlange ragte ein halbverwester Arm gen Himmel. Und sie kam immer näher.

Sie war nun vollständig aus dem Wasser gekrochen. Der finnenartige Kamm auf ihrem Rückgrat glänzte hell, ihr spitz

zulaufender Schweif hämmerte bösartig auf den Boden. Doch irgend etwas hatte die Aufmerksamkeit des Lindwurms von Birgit abgelenkt, und er schob sich an ihr vorbei. Sie blickte sich um, um zu sehen, was sie für den Augenblick gerettet hatte. Der Kopf des Monsters befand sich nun auf gleicher Höhe mit Ranulfs Hütte. Nur noch ein paar Meter, und es hatte die Kapelle erreicht – falls sich ihm niemand in den Weg stellte.

Aber Ranulf hatte es irgendwie geschafft, zur Tür zu kriechen. Sich am Rahmen festhaltend, zog er sich mühsam auf die Knie. In der Linken schwang er sein Schwert, und er brüllte dem Ungeheuer mit höhnischer Stimme seine Herausforderung entgegen.

Birgit wußte nicht, ob die Kreatur ihn hörte oder gar verstand, aber ihr großer Kopf richtete sich auf Ranulf, die stump-

©AUSTIN/CISINSKI · 1979

fen Augen nahmen ihn ins Visier, und die Zunge schnellte nach vorn.

Ranulf ließ sein Schwert beschützend vor seinem Körper kreisen. Im Widerschein der Blitze glänzte es hell auf, aber es zitterte in seiner Hand, und gegen die Seeschlange wirkte es so zerbrechlich wie ein Schilfhalm.

»Halt!« schrie Birgit und rannte los.

Das Ungeheuer nahm ihre Bewegung wahr und wendete sich wieder dem Mädchen zu. Tastend züngelte es in Birgits Richtung.

»Halt, Ranulf! Ein Schwert hilft nicht gegen – *das da*!« Sie warf sich zwischen Cata und die Hütte. Gereizt wölbte die Schlange ihren Nacken und öffnete die gähnenden Kiefer noch weiter. Ihr Maul war riesig, Birgit würde mühelos darin Platz finden. Am Oberkiefer blinkten zwei weiße Fangzähne. Reihen kleinerer, scharfer und gekrümmter Kauwerkzeuge schimmerten in der Dunkelheit. Wieder schoß die Zunge hervor. Diesmal fuhr sie ihr übers Gesicht. Birgit schrie gellend auf und taumelte voller Grausen zurück. Gelber Geifer troff von den Fangzähnen und bildete Lachen auf der Erde. Wo er in Regenpfützen fiel, schoß zischender Dampf auf.

Hinter ihr fluchte Ranulf und versuchte, sie aus dem Weg zu schieben. Ihr Fuß rutschte aus, und sie glitt in den Morast. Immer noch stieß das Monster nicht zu. Ranulf schleuderte ihm erneut eine Herausforderung entgegen.

Birgit sah auf zu dem blasphemischen Haupt und schrie abermals: »Halt! Ich habe dich in Birgits Namen herbeigerufen. Im Namen Mananaan Mac Lirs, der dir gebietet, befehle ich dir nun: *halt ein*!« Sie kam wieder auf die Füße und stolperte mühsam vorwärts. Der Kopf des Reptils senkte sich. Ein Auge glotzte sie an. Sie machte noch einen Schritt auf das Ungeheuer zu, ballte ihre Faust und hieb damit einmal, zweimal, dreimal auf seine Schnauze ein. Der Wurm zuckte zurück, ohne sich zu wehren.

Da erscholl ein Ruf in Birgits Nähe. Es war Halldor, der auf dem Friedhof stand und die größten Steine, die er finden konnte, gegen den Lindwurm schleuderte. Mit seiner Linken hielt er den Opferhammer fest umfaßt. Die Kreatur schien aus

ihrer Erstarrung zu erwachen. Giftig fauchend wandte sie sich der neuen Belästigung zu. Halldor zog sich Schritt für Schritt in Richtung des Rundturms zurück.

Das Ungeheuer folgte ihm zischend und hinterließ geborstene Grabsteine und zersplitterte Kreuze, die unter dem Gewicht seines Schuppenpanzers zermalmt worden waren. Seine Zunge schoß auf die Kapellentür zu. Halldor warf einen weiteren Felsbrocken auf das Reptil, das wutgeifernd auf ihn zuglitt.

»Halldor . . .« Aber Birgit brachte nur ein Krächzen heraus.

»Er lebt also«, sagte Ranulf hinter ihr.

»Ja«, flüsterte Birgit, »aber wie lange noch?« Sie wankte zurück in die Türöffnung.

Als es an der nächsten Weidenhütte vorbeikam, ringelte das

Monster seinen Schweif zusammen. Dann hämmerte es mit aller Kraft auf die Behausung ein, riß eine Tür aus den Angeln, umschlang die Türpfosten und brachte die ganze Hütte zum Einsturz. Inmitten splitternden und berstenden Holzes vernahm man das Geschrei von Männern, die von den Trümmern erschlagen oder von dem Schlangenleib zerquetscht wurden.

Seinen nächsten Schlag richtete der Lindwurm gegen die Mauer der Kapelle, aber die Steine hielten stand. Birgit und Ranulf sahen atemlos zu, wie Halldor sich, von Cata verfolgt, vorsichtig rückwärts schreitend zum Turm zurückzog.

XIII

Halldor war fest entschlossen, gegen den Lindwurm zu kämpfen, so wie Thor dereinst am Ende aller Tage gegen Jormungandr kämpfen würde. Er hatte keine Hoffnung, ihn zu besiegen – aber vielleicht gelänge es ihm, das Reptil lange genug aufzuhalten, bis die Männer ihre Fassung wiedergefunden und im Turm Schutz gesucht hätten. Dort könnte es ihnen nichts antun, und vielleicht hätte es nicht genügend Geduld, um so lange auszuharren, bis die im Turm untergebrachten Nahrungsvorräte aufgezehrt wären. Vielleicht bewiesen ja auch einige Mannschaftsmitglieder ihrem alten Kapitän so viel Treue und Anhänglichkeit, daß sie daran dachten, Ranulf aus der Hütte zu holen und in die Sicherheit des Turms mitzunehmen.

Obwohl sein Blick durch die böigen Regen- und Hagelschauer getrübt war, konnte Halldor deutlich erkennen, wie der junge Lambi Hurtsson gepackt, zerschmettert und verschlungen wurde. Die übrigen Wikinger waren in alle Himmelsrichtungen zerstreut. Der Troll hob seinen keilförmigen Kopf, starrte Halldor aus lidlosen Augen an und glitt näher. Sein Fauchen übertönte das Geheul des Sturms. Gelb und schleimig tropfte übelriechendes Gift aus seinem Maul.

Doch plötzlich ließ der Wurm von Halldor ab und drehte sich schwerfällig um. Einige wilde Herzschläge lang begriff Halldor nicht, was geschehen war. Dann gab ihm eine neuerliche Windung des mannshohen Schuppenleibs den Blick auf Birgit frei, die bislang von dem mächtigen Rumpf des Untiers verdeckt gewesen war. Als sie die Aufmerksamkeit des Reptils von Halldor ab und auf sich gezogen hatte, ergriff sie die Flucht, von der Echse verfolgt.

Inmitten des Aufruhrs entsann sich Halldor, daß Schlangen

vor allem durch Bewegung auf ihre Beute aufmerksam werden. »Bleib stehen!« schrie er Birgit zu. Der Sturm verwehte seine Worte. Doch nachdem sie eine Weile gelaufen, gestolpert, wieder weitergelaufen war, blieb sie urplötzlich stehen. Starr und reglos wie ein Pfahl verharrte sie in ihrem durchnäßten, schmutzverschmierten Gewand, während die Schlange an ihr vorbeiglitt.

Nach einer weiteren Vorwärtskrümmung des mächtigen Schlangenkörpers erkannte Halldor, wen sie sich als nächstes Opfer auserkoren hatte. Ranulf stand in der Öffnung seiner Hütte, gegen den Türpfosten gelehnt, und schwang kraftlos ein Schwert in seiner linken Hand, um den Lindwurm von Birgit abzulenken.

Halldor stöhnte schmerzlich auf, dann begann er, auf die Hütte zuzulaufen, um mit seinem Sohn gemeinsam zu sterben. Doch nein! Als er über einen Grabstein strauchelte, den das Ungeheuer aus seiner Einfassung gerissen hatte, durchfuhr ihn der Gedanke, daß er versuchen könnte, die Aufmerksamkeit des stumpfen Untiers abermals auf sich zu ziehen, und seinen Sohn dadurch vielleicht zu retten. Die Verwüstungen, die der Lindwurm angerichtet hatte, hinterließen überall handliche Steinbrocken, die Halldor als Waffe benutzen konnte.

Aber Birgit – Birgit eilte zu Ranulf! Sie forderte das Ungeheuer heraus!

Halldors ganzes Wesen wurde von tiefster Verwirrung ergriffen. Er war fest davon überzeugt, daß sie selbst die Seeschlange durch ihre Hexenkünste herbeigezaubert hatte, um Vergeltung zu üben. All ihre Erzählungen über das glückbringende Umsegeln der Insel waren falsch gewesen und hatten nichts als übles Geschick über die Wikinger heraufbeschworen. Als der Lindwurm Birgit verfolgt hatte, hatte sich Halldor einen Augenblick gefragt, ob sie vielleicht doch unschuldig sei. Aber dann erkannte er, daß sie offensichtlich eine gewisse Macht über das Tier hatte . . . die sie jetzt dazu benutzte, Ranulf zu retten, den sie doch so sehr haßte –

Unterdessen hatte Halldor mit aller ihm zu Gebote stehenden Kraft Steine und Bruchstücke von Kreuzen mit eingravierten Worten darauf hochgestemmt und gegen die phosphoreszie-

renden Schuppen geschleudert. Jeden Wurf begleitete er mit lauten Flüchen und Verwünschungen. Durch diese Strategie verwirrt, ließ die Echse vom Sohn ab und wendete sich wiederum dem Vater zu.

Halldor und die Schlange waren nun so nahe am Turm, daß keiner der flüchtigen Wikinger mehr eine Chance hatte, zum Eingang zu gelangen und sich in den Wehrturm zu retten. Halldor würde sich also umsonst opfern. Nach seinem Tode könnte der Troll ungehindert unter den Überlebenden wüten und sich mit ihnen mästen. Immerhin, viele alte Sagas wußten zu berichten, daß die Männer, die in tapferem Kampf gefallen waren, sich an der Tafel der Götter wiedertrafen. Halldor hatte da zwar seine Zweifel, jedoch –

Ein Blitz flammte vom einen Ende des Himmels zum anderen. Donner rollte und erschütterte die Erde wie die Räder eines mächtigen Wagens. Halldor holte tief Atem. Seine Finger umklammerten den Schaft des Hammers. Es war, als habe ihm jener Blitz gezeigt, was er zu tun habe.

Er wirbelte herum und rannte auf den Turm zu. Es war ein schreckliches Gefühl, nicht zu wissen, wie dicht einem der Tod auf den Fersen war. Er hörte nur ein Schnauben und Zischen wie von einem Wasserfall, das Scharren des Bauchpanzers über den steinigen Boden, und immer lauter das unheimliche Gleiten und zermalmende Schlurfen des riesigen Gewichts, das sich stetig näher schob. Wind und Regen vermischten sich mit dem Gestank fauligen Fleisches und ätzenden Schlangengifts. Er durfte keine Zeit verlieren, selbst ein Blick über die Schulter verbot sich.

Vor ihm erhob sich die graue Anhöhe. Seltsam, dachte ein Teil von ihm ganz nüchtern, seltsam und vielleicht gerecht, daß derjenige, der die rechtmäßigen Eigentümer aus ihrem Heim vertrieben hatte, nun selbst dort Zuflucht suchen mußte wie ein gehetztes Tier.

Das Gerüst, über welches die hoch über dem Erdboden befindliche Eingangstür zu erreichen war, erhob sich in der Nähe des Felsblocks, auf dem er seinen Göttern ein Pferd geopfert hatte. Der Regen hatte die Blutspuren der heiligen Handlung fortgewaschen. Mit der Zeit würde auch das eingeritzte Zeichen der Götter verschwinden. *Aber,* durchfuhr es Halldor, *ein Mann kann nicht mehr als das tun, was in seiner Kraft liegt, und er hat nur die kurze Zeitspanne zur Verfügung, welche die Nornen ihm zugemessen haben.*

Er kletterte das Gerüst hoch und durchquerte den nun leeren Eingang.

Der Raum im Inneren des Turms war kalt, feucht und finster. Die dicken Steine hielten viel von dem Sturmgetöse draußen ab. Halldor hielt inne und holte keuchend Atem.

Ein Splittern und Krachen von zerbrechendem Holz verriet ihm, daß der Lindwurm das Gerüst dem Erdboden gleichmachte. Nun dräute ein schrecklicher Kopf vor der Türöffnung. Die Finsternis wurde noch dichter, als das Ungeheuer versuchte, seinen beschuppten Nacken durch den schmalen Ein-

gang zu zwängen. Vor Gier und Wut schlugen seine Kiefer aufeinander, und Halldor wurde bis in die Fußsohlen von Entsetzen geschüttelt. Aber die Mönche hatten solide gebaut, und der Turm hielt dem Angriff des Untiers stand. Es gelang ihm gerade eben nur, die Spitze seiner Schnauze ins Innere zu schieben.

Ein scharfer Geruch stach in Halldors Nase. Er nahm all seinen Mut zusammen. »Steh mir bei, Thor!« brüllte er und schwang den Hammer. Er landete schmetternd und krachend auf dem flachen Maul des Reptils – ein Eisenkopf –, mit all der Kraft eines Seemannsarms geführt. Das Fauchen schwoll zu einem unerträglichen Jaulen an. Gift spritzte hervor. Halldor wurde am Handgelenk von einem Tropfen getroffen, der wie glühende Kohle brannte und ihm die Haut versengte. Er hämmerte auf einen der Fangzähne ein und sah, wie kleine Stückchen von seiner knöchernen Weiße absplitterten.

Immer wieder schlug er zu. Der Drachen zog sich zurück. Durch die Öffnung wurde wieder der graue, blitzdurchzuckende Sturmhimmel sichtbar. In seinem gewittrigen Widerschein leuchteten die Schuppen des Reptils unheimlich auf. Mächtig rollte der Donner.

Halldor sagte sich, daß er die Schlange hier festhalten, ihre Aufmerksamkeit auf sich konzentrieren mußte, so daß sie sich um die anderen nicht mehr kümmerte. Dann hatten seine Leute vielleicht eine Chance – mochte sie auch noch so klein sein –, zum Schiff zu gelangen und sich und Ranulf auf dem Festland in Sicherheit zu bringen. Wenn er aber in diesem Raum verharrte, wo der Jäger aus der Tiefe ihm nichts anhaben konnte, würde dieser sicher bald die Lust verlieren und sich einem anderen Opfer zuwenden.

Und dann stieg die Erinnerung wieder in ihm auf und entflammte den winzigen Hoffnungsfunken, den der gewaltige Blitzschlag über dem Friedhof in ihm entzündet hatte.

Eine Leiter lehnte gegen die Falltür, die ins nächste Stockwerk führte. Halldor kletterte hoch. Er zog sie nach, um sie weiter zu benutzen. Je höher er kam, desto schwächer drangen die Geräusche des Sturms an seine Ohren, denn hier oben befanden sich nur winzig kleine, schießschartenartige Fensteröffnungen. Er vernahm den hohlen Widerhall seiner hastigen Fußtritte und konnte sogar seinen eigenen Atem hören, der schnell und stoßweise kam. Ihm war, als lauerten die Geister der Mönche im Dunkel, das ihn umgab.

Er klomm weiter.

Unter dem Dach, das sich wie ein Schildbuckel nach oben wölbte, mußte er einhalten, um Atem zu schöpfen. Seine Lungen brannten, und er sog die frische, irische Luft in tiefen Zügen ein, bis seine Knie endlich zu zittern aufhörten und er sich von neuer Kraft durchströmt fühlte.

Er ging ans Fenster und lehnte sich hinaus. Sofort war sein Kopf wieder von dichtem Unwetter eingehüllt. Wind, Hagel und Regen schlugen ihm schmerzhaft ins Gesicht, tobten, heulten und pfiffen ihm um die Ohren. Er schirmte seine

©AUSTIN-1979

Augen mit der Hand ab und spähte hinunter. Die Schlange lag noch immer zusammengeringelt am Fuß des Turms, aber ihr häßlicher, keilförmiger Schädel wandte sich auf der Suche nach leichterer Beute aufmerksam bald in diese, bald in jene Richtung, und ihre Kiefer klafften gierig auseinander.

Er mußte den starren Blick jener lidlosen Augen auf sich lenken. Er beugte sich noch weiter vor und rief den Drachen an. Aber seine Worte verwehten. Und sagte man nicht, Schlangen seien taub?

Der Hammer! Er zwängte seinen Oberkörper durch die enge steinerne Öffnung, lehnte sich so weit vor, wie es eben noch möglich war, ohne das Gleichgewicht zu verlieren und in die Tiefe zu stürzen, und klammerte sich mit der linken Hand an die unbehauene Brüstung. Die Rechte wirbelte den Hammer in weit ausholenden Kreisen um seinen Kopf. Als dieser genügend Schwung bekommen hatte, zielte Halldor und ließ ihn losfliegen.

Die Erde, Thors Mutter, zog ihn immer schneller nach unten. Immer kleiner wurde er, bis er kaum noch zu erkennen war.

Dann schlug er auf. Ein dumpfer, widerwärtiger Klang. Halldor begriff, daß er den Schädel der Echse getroffen haben mußte, denn dieser zuckte heftig zurück, nach oben, nach unten, nach rechts und links. Die Kiefer klappten weit auf, der Rachen gähnte und die Zunge schoß hervor. »Hier bin ich!« brüllte Halldor und winkte heftig mit beiden Armen.

Das Monster sah ihn. Es reckte seinen grauenhaften Kopf, hob ihn höher und höher, bis Halldor – sein Herz machte vor Freude einen Sprung – erkennen konnte, daß er mit seinem Hammerwurf den Panzer der Echse durchdrungen und ihr Fleisch aufgerissen hatte. Dunkelrotes Blut quoll aus der Wunde und vermischte sich mit dem Regen.

Die Verletzung war nicht gefährlich, hatte das Tier aber in rasenden Fimbul-Zorn versetzt. Es konnte Halldor nicht ganz erreichen, obwohl es ihm so nahe war, daß er abermals die scheußliche Ausdünstung seines Rachens und den Geruch des giftigen Geifers einatmen mußte. Der Kopf senkte sich, verschwand hinter der Mauer des Turms und tauchte von der anderen Seite her wieder auf.

Der Wurm hatte sich um den Turm gewunden, um sich so zu seinem Gegner emporziehen zu können.

Halldor grinste befriedigt. Genau das hatte er beabsichtigt.

Er ermahnte sich, weiterhin aus der kleinen Fensteröffnung gelehnt zu bleiben, um jenem trüben Echsenbewußtsein seine Anwesenheit ständig in Erinnerung zu rufen. Wäre der Drachen erst einmal ganz hier oben – was ihm bei seinem plumpen Leib und dem gewaltigen Gewicht allerdings nicht so schnell gelingen sollte – konnte sich Halldor immer noch rechtzeitig wegducken und dann die Bestie vom sicheren Schutz des kleinen Verließes im Turminneren aus weiterärgern und reizen. Und wenn sich nichts Besseres fand, so hatte er doch auf jeden Fall noch das Schwert, das in seinem Gürtel stak. Zu guter Letzt, wenn das Tier die Lust zu verlieren drohte, blieb ihm wohl nichts anderes übrig, als hinauszugehen und sich ihm zu stellen, um nochmals Zeit zu gewinnen, möglicherweise lebensrettende Zeit für seine Leute. Falls der *Seebär* bis dahin noch nicht startklar war . . .

Eine seltsame Ruhe überkam Halldor. Der Sturm, der seinen Oberkörper peitschte, schien auf einmal weit entfernt. Erinnerungen stiegen auf und zogen leicht wie Odins Raben vorüber. Die grünen Hügel Thrandheims; die Fjordgebirge, die sich überall in Norwegen in den Himmel zu erheben schienen; Vater, Mutter, Schwestern, Brüder, Blutsverwandte; Unn, die Kinder, wie sie gelebt hatten und wie sie gestorben waren; das Haus, ihre gemeinsamen Mühen; Birgit, hexenhaft und lieblich zugleich –

Er schrak auf. Der spitze Natternkopf, der gerade wieder um den Turm kam, dräute nicht mehr als einen Meter entfernt unter ihm. Er sah die lidlosen Augen, den gierigen Rachen, die Windungen des Schlangenleibs: den Tod.

Da erhob Halldor sein Gesicht zum Himmel und sagte ruhig: »Thor, alter Freund, mögest du erfolgreiche Fahrten machen, solange die Welt noch besteht.«

Der Himmel zerbarst. Gleißendes Licht zuckte über das Firmament und blendete Halldor. Den Donner, der Kirche und Rundturm bis in ihre Grundfesten erschütterte, hörte er gar nicht mehr. Ein unsichtbarer Peitschenhieb hatte ihn rückwärts auf den Boden ins Dunkel des Dachgestühls geschleudert.

Tastend fand er seinen Weg ins Bewußtsein zurück. Als erstes nahm er wahr, wie hart die Bretter waren, auf denen er lag, und daß ihn jeder Knochen im Leib schmerzte. Am schlimmsten stand es mit seinen Ohren. Außer einem schrillen Pfeifen konnte er nichts hören.

Nach und nach ebbte es etwas ab, wurde zu einem leisen Rauschen. Endlich setzte er sich auf. Langsam begann er, Laute zu unterscheiden. Sie klangen dumpf. Er dachte, daß er wohl den größten Teil seines Hörvermögens zurückgewinnen werde, daß es aber gewiß nie mehr die alte Schärfe wiedererlangen könne. Nun ja, ein Mann wird alt.

Als der Schmerz in seinem Körper etwas nachgelassen hatte, taumelte er auf seine Füße und näherte sich dem Fenster. Der

Wind hatte gedreht, und der Regen traf jetzt genau von vorn auf sein Gesicht. Aber die Böen schienen ihm sanfter, und der Regen fiel milder und war nicht mehr mit Hagel vermischt. Der Himmel hatte sich aufgehellt. Der Sturm näherte sich offenbar seinem Ende.

Halldor blickte nach unten. Im Zickzack zog sich eine versengte Spur an der Mauer entlang, welche die Mönche errichtet hatten. An ihrem Fuß lag zusammengekrümmt, schwarz, rauchend und leblos die Schlange.

Halldor war immer noch zu benommen, als daß er mehr als ein stilles Glücksgefühl empfunden hätte. So hatte sich also die letzte, die unwahrscheinlichste von all seinen Hoffnungen doch noch erfüllt. Wer konnte schon sagen, welchen Anteil die Götter an diesem Werk hatten – oder welcher Gott? Halldor, der Wetterweise, jedenfalls nicht. Er wußte nur, daß der Blitz oft in das einschlägt, was sich zu hoch erhebt.

©AUSTIN/CISINSKI·1979

XIV

Birgit ließ Ranulf zusammengekauert in der Hütte zurück. Von seinem Gestammel verstand sie nur den oft wiederholten Namen Christi. Sie wollte Halldor entgegengehen.

Der Regen fiel nur noch ganz fein, als sie ins Freie trat, und der Wind hatte sich völlig gelegt, so daß sie das Rauschen und Glucksen des nahen Flusses vernehmen konnte. Die Luft hatte sich erwärmt, und ihre Kleider rochen nach feuchter Wolle. Beinahe gelang es diesem anheimelnden Duft, den Gestank des toten Monsters zu überdecken. Catas Kadaver war nun nichts weiter als ein etwas dunklerer Schatten am Fuß des geisterhaft aufragenden Turms. Birgit näherte sich der Kapelle.

Die irischen Gefangenen, die dort ihre Zuflucht genommen hatten, begannen, sich in die große Stille hinauszuwagen. Auch die Nordmänner kamen allmählich in Sicht, die nun von allen Enden der Insel, wo sie sich hingeflüchtet hatten, zur Kapelle zurückkehrten. Aber sie ließen die Schultern hängen und schlichen mit gesenkten Köpfen einher. Sie hatten Angst gezeigt.

Keine Angst war auf dem Gesicht des Mannes zu lesen, welcher der Anführer der Iren zu sein schien, eher lag ein kalter und abweisender Ausdruck darauf. Er war rothaarig, und den zerlumpten und verdreckten Fetzen, die um seine stämmigen Glieder hingen, sah man an, daß sie einst aus einem teuren Tuch geschneidert worden waren. Offensichtlich war er vor seiner Gefangennahme einer jener freien, wohlhabenden Bauern gewesen, wie Birgit in ihrem Leben schon viele kennengelernt hatte.

Sie zuckte zusammen, als er sie mit harter Stimme anrief: »Bist du nun zufrieden, Wikingerhure?«

»Was?«

Er spuckte vor ihr aus. »Glaubst du vielleicht, wir hätten dich nicht beobachtet? Dachtest du, wir wären so niedergeschlagen und würden so sehr an Gott verzweifeln, daß wir vergäßen, unsere Augen offenzuhalten? O nein! Ich weiß, daß du im Zelt des Anführers der Lochlannach gelegen hast. Ich sah, wie du dich in der Dunkelheit fortstahlst, und ich erinnere mich auch an die Geschichten, die davon erzählen, wie der heilige Senan einst die Insel von jenem Ungeheuer befreit hat, das du heute wieder aus den Tiefen der See heraufbeschworest. Eamon war mein Bruder, du Hexe. Hat ihn dein Abfall von Gott in den Tod getrieben?«

Birgit wich zurück, obwohl ihr der Rothaarige keinen Schritt näher gekommen war. Hinter ihm fingen auch andere aus der zerlumpten Versammlung zu murren an und warfen böse Blicke auf Birgit. Etwas Kaltes schien sich um ihr Herz zu schließen.

Sie stammelte: »Aber du verstehst nicht – ihr versteht nicht! Was ich tat – und ich weiß nicht einmal genau, was das war –, tat ich für euch, um euch zu helfen, um die Eindringlinge zu verjagen, unsere Toten zu rächen und unsere Ehre wiederherzustellen. Ihr wäret doch alle in die Sklaverei verkauft worden!«

Der Ire schüttelte drohend die Faust. »Du hast beim Feind gelegen, du Hure! Dich brauchte er nicht zu zwingen, wie unsere treuen Frauen. Und dann hast du heidnische Kräfte beschworen und einen Pakt mit dem Teufel geschlossen – du, die einst eine Braut Christi war!«

Eine Frau trat hinter ihm hervor. Ihr Kopf war mit einem Mantel bedeckt, und ihre Kleidung starrte vor Schmutz. »Dein heidnischer Liebhaber erschlug meinen Mann«, sagte sie, »dann mißbrauchten mich jene Männer und verspotteten mich in meinem Elend, als ich mich wehrte. Was sie von meinem Hausrat nicht mitnahmen, verbrannten sie – und mich brachten sie als Sklavin hierher!« Sie schlug den Mantel zurück, löste ihr Haar und sank auf die Knie.

»Über dich, Birgit, ehebrecherische Braut Christi, komme der Fluch der Witwe: Mögest du keinen Frieden mehr in deiner Heimat finden. Das Gras soll dich stechen, die Steine sollen

sich gegen dich wenden, jede Tür sei dir verschlossen, und möge Gott selbst seine Gnade von dir abziehen!«

Birgit wich erschauernd noch weiter zurück. Die Frau wies mit ausgestrecktem Finger anklagend auf sie und erhob sich von ihren Knien. »So möge es geschehen.« Sie bedeckte wieder ihr Haar. Ihre Mitgefangenen standen wortlos da und starrten Birgit an.

Diese fühlte, wie alle Kraft sie verließ, während sie zuhörte, wie die Frau ihren Fluch über sie sprach. Die leichte Brise fuhr ihr wie eine Klaue ins Gesicht, der Boden unter ihren Füßen brannte wie Feuer, und die Luft raubte ihr den Atem.

Es verlangte sie danach, große, bittere Tränen zu vergießen, aber ihre Augen blieben trocken. Verrückte Gedanken schossen ihr durch den Kopf: *Die Schlange, so eine große Schlange. Das müssen ja Tonnen und aber Tonnen sein. Was macht man nur damit? Zerstückeln und zum Fluß transportieren, bevor sie verwest ist? Oder vielleicht essen?* Sie mußte lachen. *Was auch geschieht, kein Kirchenchronist wird je von den heidnischen Dingen berichten, die sich auf dieser heiligen Insel abspielten. Die mächtigen Knochen der Schlange werden im Fluß begraben liegen, und die nachfolgenden Generationen werden alles vergessen. Aber, o je, dieser gräßliche Gestank!* Sie wandte sich von ihren Landsleuten ab und rannte auf den Turm zu.

Vom Blitz geschwärzt lag der Lindwurm leblos zu seinen Füßen. Halldor stand neben dem Altar seines Gottes. Er hatte den Hammer darauf niedergelegt, welcher dunkel vom getrockneten Blut war. Er wartete, mit verschränkten Armen, in ruhiger Haltung.

»Wie geht es meinem Sohn?«

»Er ist unverletzt.« Sie blieb vor ihm stehen, und ihre Augen trafen sich. Sie erwähnte nichts von Ranulfs geistiger Verfassung. Halldor nickte. »Das dachte ich mir. Ich hatte nur Angst wegen dem Gift . . .« Birgit sah eine feuerrote Stelle an seinem Handgelenk. Sie kannte Kräuter, die die Verbrennung lindern würden. Ein müdes, gequältes Lächeln kräuselte seine Lippen. »Alle Achtung, Birgit, der Drachen, den du da aus der Tiefe herbeigezaubert hast, konnte es ja mit Fafnir aufnehmen.« Er hob eine Braue über seinem meerblauen Auge. »Du hast ihn doch herbeigerufen?« Sein klarer Blick schien ihr direkt in die Seele zu dringen.

Sie nickte dumpf und stand niedergeschlagen vor ihm.

Er seufzte. »Wie könnte ich dir einen Vorwurf machen? Ja, daß ich meine Eidesbrüder und viele tapfere Männer verloren habe, das schmerzt allerdings sehr.« Er hielt inne. »Aber für dich waren sie Feinde, die aus dem Nichts auftauchten, um dir deine Heimat zu rauben, Männer, denen du nichts zu Leide getan hattest. Dies war keine Blutrache, es war Krieg.«

Langsam streckte er seine Hand nach ihr aus, bis sie auf ihrer Schulter ruhte. »Wenn ein Krieg zu Ende ist«, murmelte er, »ist es an der Zeit, Frieden zu schließen.«

Sie erzitterte, aber ihr Ton war fest, und sie blickte ihm ruhig ins Antlitz. »Was willst du also tun, Halldor?«

Wieder spielte das traurige Lächeln um seine Mundwinkel. »Ich weiß es auch nicht. Ich beklage meine toten Freunde und Gefährten und werde dafür sorgen, daß ihre Familien den Anteil von dem restlichen Beutegut erhalten, der ihnen zusteht. Aber . . . du weißt ja, daß ich es weder nötig hatte noch überhaupt wünschte, diese unselige Wikingerfahrt fortzusetzen. Ich hatte bereits mehr als genug erbeutet, und nur mein Eid hielt mich fest –. Nun kann ich meinen Sohn nach Hause bringen.«

Birgit versteifte sich. »Und was wird aus meinen Landsleuten? Willst du sie auch mitnehmen und als Sklaven verkaufen?«

Halldor blickte sie lange an, bevor er antwortete: »Nein, das wird nicht nötig sein, wenn du es nicht wünschst. Sie können hierbleiben und« – er lachte leise in sich hinein – »den Kadaver wegräumen und die schlimmsten Verwüstungen beheben. Es kommen genügend Leute hier vorbei, die ihnen dann behilflich sein können, wieder in ihre Heimatdörfer zurückzukehren.«

»Du kannst . . . auf deine Art . . . sehr großzügig sein, Halldor.«

Er umfaßte ihre Schulter fester. »Dich bringe ich zum Wohnsitz deines Vaters zurück, wenn du möchtest, und biete ihm ein Waffenbündnis an –« Sie begann zu zittern. »Birgit, was hast du?«

Sie mußte die Zähne aufeinanderbeißen, doch das Schütteln hörte erst auf, nachdem sie ganz nahe an ihn herangetreten war und ihren Kopf auf seine Brust gelegt hatte. Er zog sie in seine Arme. »Man hat mich verflucht, des Landes verwiesen, eine Hure und Abtrünnige genannt. Ganz Irland ist für mich vergiftet, und ich kann hier nicht länger leben.«

Seine Umarmung wurde fester. Freude schwang in seinen Worten mit: »Aber du kannst in der Freiheit Norwegens leben!«

»Ich kann was?« Sie hob den Kopf und blickte ihn wiederum an.

Er hielt sie weiter um die schlanke Taille gefaßt und bog nur seinen Oberkörper ein klein wenig zurück, um sie besser betrachten zu können. Sein prüfender Blick suchte das in ihr zu ergründen, was sich seinem Verständnis entzog, und als er wieder sprach, schwang Ehrfurcht in seiner Stimme mit.

»Komm mit mir«, bot er ihr langsam an. »Aber nur, wenn du möchtest, Birgit. Wenn nicht, bringe ich dich an jeden von dir gewünschten Ort in Irland, irgendwohin, wo man dich nicht kennt – denn du hast gewaltige Mächte beschworen, Birgit, und etwas von ihnen muß auch in dir stecken. Aber wenn du mit mir kommst – von nun an werde ich nur noch ein friedlicher Kaufmann sein –, dann wird das Glück, welches in dir liegt, mit meinen Schiffen segeln. Du . . . du würdest geehrt werden in meinem Haus.« Beinahe ängstlich fügte er hinzu: »Wenn du möchtest.«

Auch sie betrachtete ihn eine ganze Weile, und auch in ihrem Blick lag etwas wie Ehrfurcht. Dies war der Mann, der Cata getötet hatte – Cata, die selbst der heilige Senan nur hatte vertreiben können. In ihr stieg plötzlich derselbe Wunsch hoch wie in ihm. Einen Augenblick schaute sie zur Seite, auf den Regen, der sanft auf die grünen Hügel Irlands fiel. Dann zuckte sie die Achseln und ergriff seine Hände.

»Mein eigenes Land ist mir verwehrt«, sprach sie, »und sonst kann ich nirgends hingehen.« Sie neigte den Kopf und lächelte leise. »Du und ich, wir beide können zusammen viel erreichen; sieh nur, was wir schon vollbracht haben, als wir noch gegeneinander kämpften. Und . . . Halldor . . . Halldor, ich möchte mit dir gehen!«

Sie ließ seine Hände los und trat zurück. »Da wäre noch eine Sache«, sagte sie bestimmt. »Ein Zauber, bevor wir segeln, aber diesmal ein guter. Bei der heiligen Quelle steht eine Eberesche; ein Zweig von diesem Baum zwischen die Planken des *Seebärs* eingefügt, wird uns Glück für die Reise bringen. Und er ist das Letzte, was ich dir von Irland geben kann.«

Riesengroß und grauweiß schimmernd schwamm ein Eisberg unter den Sternen und Nordlichtern vorüber und sandte Wellen von Kälte aus. Skafloks Atem kam rauchig aus seinem Mund, als er sprach: »Und was ist aus ihnen geworden, Manannan?«

Der Seegott zuckte die Achseln. »Ihr Schiff segelte wohlbehalten zurück, und sie lebten bis zu ihrem Tod so glücklich

©AUSTIN - 1979

zusammen, wie Sterbliche nur leben können. Sie waren nur selten uneinig. Sie hatte den Ruf, eine gute Wahrsagerin zu sein, und viele suchten sie um Rat und Beistand auf. Man sagte ihr ein heftiges Temperament, aber ein freundliches Herz nach.«

»Und Ranulf – blieb er am Leben?«

»Allerdings, aber er kehrte nach Irland zurück und wurde dort ein Mönch. Soviel zu den Hoffnungen, die sein Vater in ihn gesetzt hatte, aber Birgit gebar ihm weitere Söhne und Töchter.«

»Was wurde aus jenem ersten Kind, mit dem sie schwanger ging?«

»O ja, von ihm gibt es noch etwas zu berichten. Wer auch immer sein Vater gewesen sein mag – Halldor betrachtete den Jungen stets als seinen eigenen. Er wurde ein mächtiger Mann in Norwegen. Man sagt, er sei der Vater von Gunnhild gewesen, der Gemahlin des Königs Erik Blutaxt –«

Skaflok faßte das Ruder fester. »Du sprichst von der Hexenkönigin?«

Mananaan nickte. »Ja. Genau die. Hüte dich, mein Freund, das Unbekannte anzurufen und etwas von ihm zu fordern. Die Antwort darauf kann endlos sein.«

Ihr Boot segelte weiter in die Finsternis hinein.

Historische Anmerkungen

Die Iren:

Ich kostete meinen Whiskey und blickte hinaus auf den windgepeitschten Shannon. Der Rundturm auf Scattery Island war vom Fenster der Galleon Inn, eines Pub in Capagh, nahe bei Kilrush, County Clare, deutlich auszumachen. Der Schankraum war mit dichtem Torfrauch gefüllt.

»Mr. Beezley«, sagte ich und streckte ihm mein Glas hin, um es nachfüllen zu lassen, »was Sie hier brauchen, ist ein gutes altmodisches Ungeheuer. So was bringt den Tourismus in Schwung.«

»Da könnten Sie schon recht haben«, stimmte er bedächtig zu und goß mir eine großzügige Portion ein.

»Sie könnten unscharfe Fotografien an den Wänden aufhängen und sich dann weigern, darüber zu sprechen. Die Leute neugierig machen, Gerüchte in Gang setzen.«

»Ja, aber es ist schon so lange her, daß diese Seeschlange hier lebte. Der heilige Senan hat sie vertrieben, müssen Sie wissen.« Er lächelte versonnen und streichelte den Kopf seines riesigen schwarzen Hundes.

»Nun, vielleicht ist es an der Zeit, daß Cata zurückkommt.« Schweigend saßen wir da und blickten sechs Kilometer weit über den Fluß.

Cata, das Seeungeheuer von Scattery Island, ist »wirklich«. Die Legende berichtet, daß St. Senan den Lindwurm nach einem schrecklichen Kampf bezwang und auf dessen ehemaligem Revier ein Kloster gründete. Senan starb im Jahre 544 n. Chr.

Im Laufe der Jahrhunderte wurde Scattery oft erobert. Die Wikinger plünderten es 816 und 835 n. Chr. (Das letztere Datum bezeichnet das Jahr, in dem unsere Geschichte spielt). Danach verschonten sie die Insel über ein Jahrhundert. Unwillkürlich fragt man sich, warum, da der Ort doch von großer strategischer Bedeutung war.

Erst von 972 bis 975 besetzten sie Scattery wieder, und es wurde daraufhin von Brian Ború zurückerobert, der 1014 bei der Schlacht von Clontarf fiel. Später wurde es von Engländern und Normannen geplündert, und das Kloster St. Senans fiel in der Elisabethanischen Zeit der Zerstörung anheim. Noch heute finden sich Spuren dieser unterschiedlichen Besetzungen; der Rundturm stammt allerdings aus der Zeit der Wikingerzüge.

Die Insel hatte von alters her eine besondere Bedeutung für Seefahrer. Für neugebaute Schiffe war es Brauch, Scattery *deosol* (mit der Sonne) zu umsegeln, und ein Stein von ihren Ufern sollte angeblich vor Schiffbruch bewahren.

Der Fluß Shannon, in dem die Insel Scattery liegt, ist Irlands größter Strom. An seinen Ufern erhebt sich heute der Shannon International Airport, der erste Zwischenstop auf einem Transatlantikflug. Die ganze Gegend um den Shannon ist für den Tourismus entwickelt worden – wie überhaupt große Landstriche im Westen Irlands. Verschiedene Burgen bieten »mittelalterliche« Bankette an, und man hat – was möglicherweise ein etwas authentischeres historisches Unternehmen darstellt – einige Dörfer aus dem letzten Jahrhundert sowie Siedlungen aus der frühen Eisenzeit peinlich genau restauriert oder originalgetreu nachgebaut.

Diese Geschichte spielt lange bevor die ersten Burgen in Irland errichtet wurden. Dem Craggaunowen-Projekt verdanken wir jedoch die exakte Nachbildung einer Siedlung aus der Eisenzeit, und Wohnanlagen dieses Typs waren an der Westküste bis zum sechzehnten Jahrhundert allgemein üblich. Man baute Rundhütten mit hohen Strohdächern. Die Wände bestanden aus Weidengeflecht, das mit Lehm verschmiert war, der Boden aus gestampfter Erde. Gekocht wurde wegen der Feuergefahr in einem anderen Bau.

Die Mönche auf Scattery lebten wahrscheinlich in solchen Hütten; die einzigen Steinbauten in jener Zeit waren die kleine Kapelle und der Rundturm. Wozu solche Türme eigentlich errichtet wurden, ist nicht ganz klar, aber man nimmt an, daß sie vor allem als Beobachtungsposten dienten und der Bevölkerung bei Überfällen Schutz bieten sollten. Derjenige auf Scattery, der übrigens sehr gut erhalten ist, ist immerhin vierzig Meter hoch.

Im Craggaunowen-Projekt kann man auch eine Ringbefestigung aus derselben Periode besichtigen: Diese sogenannten *raths* waren von einem Fels- und Erdwall umgeben und mit einer Palisade aus scharf zugespitzten hölzernen Pfählen, nicht unähnlich denen, die später im Wilden Westen in Gebrauch waren, umzäunt. Die Verteidigungsanlage schützte Wohngebäude und Viehpferche. Diese sind in Craggaunowen naturgetreu nachgebaut worden.

Bis auf den heutigen Tag findet man in den ländlichen Gegenden Irlands zahlreiche Überreste solcher raths, wenn auch meist nur noch einige Steine davon stehen. Unterirdische Gänge unter den Wallanlagen dienten als Zufluchtsort, als Lagerräume und geheime Fluchtwege. Auf ihrem Raubzug flußabwärts, von dem sie Eamon als Gefangenen mitbrachten, griffen Halldor und seine Männer vermutlich ein Fort in der Art des eben beschriebenen an.

Im Irland des neunten Jahrhunderts herrschte völliges Chaos. Es drohte nicht nur beständig Gefahr von den marodierenden Wikingern, sondern die einheimischen Anführer überzogen sich in einem verwirrenden Muster ständig wechselnder Bündnisse gegenseitig mit Krieg. Es kam sogar vor, daß Klöster benachbarte kirchliche Einrichtungen ausraubten.

Wir haben versucht, in unserer Erzählung historisch so genau wie möglich zu sein. (Wir möchten an dieser Stelle Jerry Pournelle unseren Dank aussprechen, der uns in einer technischen Detailfrage beraten hat.)

Im Irland des neunten Jahrhunderts konnte der laizistische

Klerus (Priester, die nicht einem Mönchsorden angehörten) heiraten, wie es etwa Vater Eamon getan hat. Die Klöster waren die einzigen Bibliotheken jener Zeit, und die Geistlichen bildeten die Klasse der des Lesens Kundigen. Die medizinische Technik der Trepanation – darunter versteht man das Aufschneiden der Schädeldecke, um das Gehirn von Druck zu entlasten – war bereits den alten Iren bekannt, so daß es durchaus möglich ist, daß Birgit diese schwierige Prozedur beherrschte. Irische Ärzte führten in jener Zeit auch schon das Vernähen von Wunden und das Abbinden von Blutgefäßen aus. Stifte und Klöster dienten oft als Hospitäler.

Manche der irischen Wörter könnten dem Leser fremd sein. Für Interessierte folgen daher einige Erläuterungen:

Ein *geas* ist ein übernatürliches Gebot, eine Art Tabu könnte man auch sagen, das ganz gewöhnliche Handlungen unter bestimmten Umständen untersagte. Solche *geasa* galten für eine Person oder auch für den Träger einer Funktion: Zum Beispiel war es dem König von Tara, solange er sich in seiner Residenzstadt aufhielt, nicht gestattet, nach Sonnenaufgang noch im Bett zu liegen.

Die *Sidhe* sind ein Feenvolk und/oder die alten Götter Irlands.

Samhain, das keltische Neujahr, findet am 31. Oktober statt.

Bealtaine ist am 1. Mai. Viele Tätigkeiten, wie zum Beispiel das Seefahren, sollen an diesem Tag der Überlieferung zufolge gefährlich sein. Die Regeln und Vorschriften, die Birgit so genau befolgte (und mit denen sie Unglück auf ihre Feinde herabbeschwören wollte) – wie etwa das erste Schöpfen und Vergießen des Wassers am frühen Morgen, der Raub des Feuers aus dem Haus, der hinterlistige Rat an Halldor, Scattery in der falschen Richtung zu umsegeln – sind heidnische Überreste, die noch heute tief in der irischen Folklore verwurzelt sind. Noch weit über das neunte Jahrhundert hinaus blieben die alten Sitten und Gebräuche beim einfachen Landvolk lebendig, und bis zum heutigen Tag geben sie der irischen Variante des Christentums ihr besonderes Gepräge.

Ein *gealt* ist eine Art keltischer Berserker. In der Hitze des Kampfes gerät er außer sich, es wachsen ihm Federn, und er flattert schreiend durch die Baumwipfel. Nach jahrelanger

Wanderung in geistiger Umnachtung findet er Glen na Gealt auf der Halbinsel Dingle und trinkt von dem Wasser, das dort fließt. Nachdem er eine Weile in dem Tal zugebracht hat, erlangt er wieder seinen klaren Verstand zurück. Diese Legende mit ihren Untertönen einer manisch-depressiven Psychose brachte mich auf die Idee, daß die Quellen auf Glen na Gealt einen hohen Lithiumgehalt haben könnten. Als ich aber das Wasser untersuchen wollte, waren gerade tagelange schwere Regenfälle niedergegangen, die eine genaue chemische Analyse unmöglich machten.

Ich gebe eine bewußte historische Ungenauigkeit zu. Es existiert eine Beschreibung von Cata, dem Ungeheuer von Scattery Island, aus dem zehnten Jahrhundert, die keinerlei Ähnlichkeit mit der großen Schlange aufweist, der man in diesem Buch begegnet. Das Tier war danach äußerst phantastisch und entbehrte jeglicher Eleganz – wenn auch nicht der üblen Ausdünstung. Aber wer vermag schon zu sagen, ob denn die Angaben des mittelalterlichen Chronisten der Wirklichkeit entsprachen? Außerdem bin ich mit großen Schlangen sehr vertraut: Zwei gesunde Riesenboas zieren mein Wohnzimmer.

Abgesehen von den historischen oder der Legende entnommenen »Fakten«, bei denen mein Mitarbeiter und ich größtmögliche Genauigkeit anstrebten, ist natürlich alles in der Geschichte von Cata, dem Ungeheuer von Scattery Island, frei erfunden.

Mildred Downey Broxon

Die Norweger:

Ein Volk mit Namen »Wikinger« hat es nie gegeben. Man kann von einer »Wikingerära« sprechen, so wie man von der Epoche der Kreuzzüge spricht, doch das ist im einen wie im anderen Falle irreführend. Denn es nahm ja keineswegs jedermann das Kreuz, und genausowenig war jeder, der im Zeitalter der Wikinger lebte, ein Räuber. Mehr noch: Wikinger zu sein, das war in den meisten Fällen nur eine Teilzeitbeschäftigung.

Wie verhielt es sich dann aber wirklich?

Die Wikingerära erstreckte sich über dreihundert Jahre. Die ersten uns von den Chronisten überlieferten Raubzüge nach England und Irland fanden im späten achten Jahrhundert statt. Aus kleinen Anfängen entwickelte sich die Bewegung bald zu solcher Kraft, Größe und Gewalttätigkeit, daß in den Bittgebeten Westeuropas eine neue Zeile auftauchte: *A furore Normannorum libera nos, Domine.* »Verschone uns vor der Wut der Nordmänner, o Herr.«

Die Britischen Inseln, Frankreich, Deutschland und die Niederlande wurden immer wieder heimgesucht. Im Jahre 845 wurden sowohl Paris als auch Hamburg angegriffen und geplündert. Mindestens ein Raubzug führte hinunter zur iberischen Küste und von da tief in den Mittelmeerraum hinein. Auch Finnen, Balten und Lappen mußten viel erdulden, allerdings fand sich kein Geschichtsschreiber, der ihre Leiden aufgezeichnet hätte.

Diese schlimmen Räuber kamen aus Skandinavien – aus dem Gebiet, das heute die friedlichen Nationen Dänemark, Norwegen und Schweden einnehmen; später rekrutierten sie sich auch aus von ihnen gegründeten und besiedelten Kolonien wie etwa Island.

Zu einer Zeit, da die westliche Christenheit von schwachen Königen und aufsässigen Baronen geführt wurde, stießen die heidnischen Skandinavier mit großer Kraft, Disziplin, ausgezeichneten Waffen und den besten Schiffen, die es damals gab, vor. Überbevölkerung muß die Hauptursache dafür gewesen sein, daß sie ihre nicht allzu fruchtbaren Heimatländer verließen. Macht- und Beutegier sowie Abenteuerlust waren ebenfalls treibende Kräfte. Und nicht selten war auch der Streit mit den eigenen Landsleuten Anlaß für eine Wikingerfahrt: Geriet jemand in Schwierigkeiten, so konnte er immer noch ein Schiff bemannen und versuchen, sein Glück in der Ferne zu machen.

Gewöhnlich stachen jedoch benachbarte Bauern und kleine Gutsbesitzer zusammen in See, nachdem die Feldfrucht bestellt war, um ein paar Monate als Freibeuter zu verbringen. Meist waren sie rechtzeitig zur Ernte wieder zurück.

Ein solcher Räuber wurde »Wikinger« genannt. Der Ursprung des Worts läßt sich nicht mit Sicherheit herleiten; vielleicht entstand es aus *»vik«*, was »kleine Bucht« bedeutet. Ein Wikinger wäre dann also ein »vik – ing«, ein Mann aus der Bucht. Die rauhen Burschen lauerten in ihren Drachenbooten am Eingang einer Bucht. Kam ein Frachtschiff vorbei, so verließen sie ihr Versteck und stürzten sich auf ihre Beute.

Als die Könige und Jarls – Aristokraten – immer mächtiger wurden, war die Räuberei an den eigenen Küsten nicht mehr so ungefährlich für die Wikinger. Ein Grundbesitzer mochte stark genug sein, die Plagegeister zu verjagen und zu töten. Aber mittlerweile waren die Schiffe so verbessert worden, daß sie ohne weiteres auf hoher See fahren konnten. Niemand hatte etwas gegen Überfälle auf Fremde einzuwenden, und außerdem gab es dort auch viel mehr zu holen. Bald stachen riesige Flotten in See. Sie blieben häufig ein ganzes Jahr fort, und die Mannschaften überwinterten in der Fremde, um direkt bei Frühlingsanfang mit dem Plündern und Brandschatzen beginnen zu können.

Oft fanden es die Männer dort, wo es sie zufällig hinverschlagen hatte, schöner als in ihrer Heimat, und sie ließen sich in dem fremden Land nieder. Mit der Zeit drängte die Kolonisation als Hauptziel der skandinavischen Kriegszüge die Räuberei in den Hintergrund. Die ausgezeichneten Armeen, die von Führern wie Guthorm (»Guthrum«), Hrolf (»Rollo«) und Svein (»Sweyn«) Forkbart befehligt wurden, kann man genausowenig als Wikinger bezeichnen wie die Siedler, die auf ihren Spuren das eroberte Land kolonisierten.

Bis zum heutigen Tag werden die Invasoren in der englischsprachigen Literatur im allgemeinen »Dänen« genannt. Dies ist nur für England selbst und die Normandie richtig, wo der allergrößte Teil der Neuankömmlinge tatsächlich aus dem Gebiet stammte, das heute von Dänemark eingenommen wird. In Schottland, Irland und den umgebenden Inseln aber kam der Löwenanteil der Eindringlinge aus dem heutigen Norwegen. Die schwedischen Überseeunternehmungen richteten sich hauptsächlich gegen Rußland und waren nicht ganz so kriegerisch.

Die irischen Chronisten unterscheiden zwischen »hellen« und »dunklen« Skandinaviern. Möglicherweise meinten sie damit Dänen und Norweger. Der irische Name für Norwegen war *Lochlann,* vielleicht eine keltisch-norwegische Bildung mit der Bedeutung »Küstengebiet«. Die Nordmänner wurden entsprechend *Lochlannach* genannt.

In den Heimatländern all dieser Völker ging es während der Wikingerära ebenfalls recht turbulent zu. In Dänemark etwa bildete sich irgendwann im späten achten oder frühen neunten Jahrhundert, wahrscheinlich als Reaktion auf eine karolingische Bedrohung, unter heftigen Kämpfen eine starke Monarchie heraus. Norwegen war zur Zeit unserer Erzählung, 835 n. Chr., noch nicht vereint, sondern zerfiel in zahlreiche kleine Teilgebiete, die von Königen und Jarls regiert wurden. Eines von ihnen war Thrandheim, das der modernen Stadt Trondheim ihren Namen gab. Die Gegend ist dort nicht rauh und gebirgig, wie in vielen anderen Landesteilen, sondern sanft und hügelig.

Soviel an äußeren, trockenen Fakten. Aber können wir uns auch in die Menschen versetzen, die sich hinter ihnen verbergen, ohne sie zu verklären, zu mythisieren oder zu Bestien abzustempeln?

Es stimmt, daß die Wikinger grausam, raubgierig und äußerst zerstörerisch waren. Aber die Christen stehen ihnen in dieser Hinsicht keineswegs nach. Man denke nur an die Massaker, die Karl der Große unter den Sachsen anrichtete, oder an die spätere Entvölkerung des rebellischen Nordengland durch Wilhelm den Eroberer, an die Schrecken und Verwüstungen des ersten Kreuzzugs. Die Wikinger waren einfach nur die erfolgreichsten Räuber ihrer Zeit, und dies nicht zuletzt dank der Schwäche und der mangelnden Verteidigungsbereitschaft ihrer Gegner.

Außerdem muß man bedenken, daß, wie ich bereits anmerkte, nicht alle, nicht einmal der größte Teil der skandinavischen Männer auf Wiking ging (um einmal ihren eigenen Ausdruck, *gangu i víking*, wörtlich zu übersetzen). Reichtümer sind schön, aber man kann sie nicht essen oder als Werkzeug benutzen. In ihrer überwiegenden Mehrheit waren die Nordmänner ziemlich friedfertige Bauern, Fischer, Jäger, Handwerker und ähnliches. Durch die Hände ehrlicher Kaufleute und Handelstreibender gingen viel mehr Güter aus fremden Ländern als durch die der Wikinger. Dies wird durch das Aufblühen wohlhabender Handelsplätze wie Hedeby, Birka, Kaupang und Gotland belegt. Die Archäologen haben herausgefunden, daß das Handelsnetz durch Rußland bis nach Konstantinopel und zum Kaspischen Meer reichte; im Südwesten bestanden Verbindungen mit den Araberreichen.

Wir haben versucht, Halldor als kleinen Freisassen und Händler zu zeichnen, den Mißgeschicke dazu zwingen, gegen seinen Willen für eine Weile auf Wikingerfahrt zu gehen. Doch gleichzeitig haben wir uns bemüht, ihn dabei keineswegs zu idealisieren. Es war nun einmal eine brutale Zeit.

Obwohl die Nordmänner in Irland schlimme Verwüstungen anrichteten, besorgten dies oft genug auch die Iren selbst in ihren mörderischen gegenseitigen Kriegen. Die Fremden brachten Neuerungen wie Münzgeld, Fernhandel und Städtebau auf die ländliche Insel. Machte ein Teil von ihnen Gefangene und verschleppte sie, so siedelten sich andere an und verschmolzen mit der einheimischen Bevölkerung. So ist es nicht überraschend, daß bei der Schlacht von Clontarf auf beiden Seiten keltische und nordische Krieger fochten, und daß, obwohl der siegreiche BrianBorú auf dem Schlachtfeld starb, keine Vertreibung der Fremden erfolgte. Irland und die Iren haben eine liebenswerte Art.

Die heidnischen Skandinavier besaßen ihre eigene, reiche Kultur, die sich von der christlichen stark unterschied. Neben atemberaubend schönen Schöpfungen wie etwa den Schiffen von Gokstad und Oseberg brachte sie sehr viel Kunsthandwerk und ausgezeichnet gefertigte Werkzeuge hervor. Wir verdanken ihr die Sagas und die herrliche Edda, die von den Nachfahren der Wikinger niedergeschrieben und so für uns überliefert wurde. Und wenn die Männer auch gegenüber Feinden grausam sein mochten, so hielten sie doch in absoluter Treue und unverbrüchlicher Gefolgschaft zu ihren Blutsverwandten, Freunden und Anführern; niemand wurde mehr verachtet als ein Verräter oder Eidbrecher. Die Frauen genossen eine Stellung, die sie, nachdem sie im Mittelalter verlorengegangen war, erst wieder gegen Ende des neunzehnten Jahrhunderts erlangten.

Die skandinavische Kultur war von einer nahezu religiösen Achtung für das Gesetz durchdrungen; dies konnte zuweilen in kleinliche Rechthaberei ausarten, da die Nordmänner sehr streitsüchtig waren; eine Verletzung des Gesetzes jedoch zog allgemeine Ächtung nach sich. Die Bevölkerung, zumeist freie Grundeigentümer, kannte ihre Rechte und Privilegien und achtete sie hoch; viele Generationen lang verstanden sie es, ihre Könige im Zaum zu halten, und in Island gründeten sie gar eine – in jener Zeit einzigartige – Republik.

Es gab keinen festgelegten, kodifizierten Glauben. Persönliche Bekenntnisse und lokale Überlieferungen changierten vom krudesten Aberglauben und den barbarischsten Riten – selbst Menschenopfer kamen vor – bis zu Anschauungen von einer gewissen Erhabenheit und Spiritualität.

Die Vorstellungen über das Jenseits waren genauso vielfältig schillernd; zuweilen existierten sie nur in rudimentären Ansätzen. Wie die meisten Heiden waren die Skandinavier gegenüber anderen Glaubensbekenntnissen tolerant und übernahmen viel aus ihnen.

Sollte man ihren hervorstechenden geistigen Grundzug nennen, so wäre es wohl der stoische Mut angesichts des gewissen Todes. Der Tod eines Mannes war ihm vorherbestimmt, aber er konnte ihm so gegenübertreten, daß er einen ehrenhaften Namen hinterließ. Am Ende der Welt mußten selbst die Götter untergehen.

Es wäre noch viel zu sagen, aber schließlich gibt es zahlreiche Bücher über die Wikinger, falls der Leser Interesse an ihnen gefunden haben sollte. Ich möchte nur noch ein paar Details erwähnen, die in direktem Bezug zu unserer Geschichte stehen.

Entgegen einer modernen künstlerischen Übereinkunft waren die Helme der Wikinger weder mit Flügeln noch mit Hörnern verziert. Die Schilde waren relativ kleine, hölzerne Scheiben, meist mit Handgriffen statt mit Lederschlaufen versehen. Die Männer ritten wenn möglich zu Pferd, stiegen aber zum Kämpfen ab. Es gab mehrere unterschiedliche Schiffstypen; Kaufleute verließen sich gewöhnlich nur auf Segel, Kriegsschiffe konnten dagegen bei ungünstigem Wind auch rudern. Nur letztere trugen geschnitzte Tierköpfe, und nicht einmal alle. Auch gebot das Gesetz, daß diese Köpfe abnehmbar sein mußten, für den Fall, daß eine befreundete Küste angelaufen wurde.

Zum Ausklang:

872, bei der Schlacht von Hafrsfjord, vollendete König Harald der Blonde seine gewaltsame Einigung Norwegens. Es folgte die Kolonisierung Islands durch Leute, denen sein strenges Regiment nicht behagte und die es darum vorzogen, ihr Heimatland zu verlassen.

Harald wurde sehr alt; sein Thronfolger war sein Sohn Eirik Blutaxt. Der Beiname ist suggestiv, aber den Sagas zufolge wurde er den größten Teil seines Lebens von seiner Gemahlin Gunnhild gelenkt. Von ihr wird berichtet, sie sei die Tochter eines gewissen Ozur gewesen, eines adligen Großgrundbesitzers aus der nördlichen Gemarkung Hálogaland. Wir wissen weiter nichts über ihn, aber es ist gut möglich, daß er seinen Weg nach dort oben von Thrandheim aus nahm. Gunnhild erwarb sich schnell einen zwielichtigen Ruf als Unruhestifterin und – so raunte man sich zu – als Hexe. Ihre Lebensgeschichte ist lang, ungewöhnlich und faszinierend.

Dänemark nahm Mitte des zehnten Jahrhunderts offiziell das Christentum an; Norwegen folgte im frühen elften Jahrhundert, Schweden noch später. Die Skandinavier fuhren fort, weite Schiffsreisen zu unternehmen – sie kamen sogar bis Amerika –, aber nur noch wenige gingen als Wikinger auf Fahrt, und auch diese sollten das nicht mehr lange tun. Das lag weniger an ihrer Konversion zum Christentum als an der zunehmenden militärischen Stärke der westlichen Nationen.

Der letzte norwegische Überfall auf Irland wurde von König Magnus Barfuß geleitet, der dort im Jahr 1103 fiel. Sein Sohn Sigurd aber nahm das Kreuz und führte von 1108 bis 1110 eine Flotte ins Heilige Land, und König Valdemar von Dänemark unternahm 1169 einen Kreuzzug ins heidnische Wendenland, um die dortige Bevölkerung zu unterwerfen und zu bekehren.

Poul Anderson

Captain Future

Die Abenteuer des berühmten Helden der Science Fiction zum ersten Mal ungekürzt in deutscher Sprache. Die spannenden Abenteuer des jungen Wissenschaftlers und seiner Freunde fesseln jung und alt!

Band 25 012

Edmond Hamilton

Captain Future

Held der Vergangenheit

Ungekürzte Neuübersetzung

Captain Future erhält einen dringenden Anruf seines Freundes Tiko Thrin. Der marsianische Wissenschaftler glaubt, Kontakt mit einem fremden Universum aufgenommen zu haben. Die Sonnen dieses Kosmos sind fast alle erloschen und ausgebrannt, die letzten überlebenden Menschen müssen sich dem Ansturm der *Kalten* erwehren, denn jene grausigen widernatürlichen Wesen wollen mit niemandem die Macht in ihrem Universum teilen.
Um die Moral der letzten Menschen zu stärken, schlüpft Captain Future in die Rolle Cafus, eines legendären Helden der Menschen des fremden Universums, und nimmt zusammen mit seinen Freunden den Kampf gegen die *Kalten* auf.

BASTEI LÜBBE

Sie erhalten diesen Band im Buchhandel, bei Ihrem Zeitschriftenhändler sowie im Bahnhofsbuchhandel.